本书为台州学院 和合文化 天台山文化 研究院成果

U0750037

和合生活

陈远明 著

浙江工商大学出版社

图书在版编目(CIP)数据

和合生活 / 陈远明著. —杭州：浙江工商大学出
版社，2018.6(2018.12 重印)
ISBN 978-7-5178-2649-1

Ⅰ. ①和… Ⅱ. ①陈… Ⅲ. ①散文集－中国－当代
Ⅳ. ①I267

中国版本图书馆 CIP 数据核字(2018)第 056613 号

和合生活

陈远明 著

出 品 人	鲍观明
策划编辑	沈　娴
责任编辑	刘　颖　沈　娴
封面设计	叶泽雯
责任印制	包建辉
责任校对	饶晨鸣
出版发行	浙江工商大学出版社
	(杭州市教工路 198 号　邮政编码 310012)
	(E-mail：zjgsupress@163.com)
	(网址：http://www.zjgsupress.com)
	电话：0571－88904980，88831806(传真)
排　　版	杭州朝曦图文设计有限公司
印　　刷	虎彩印艺股份有限公司
开　　本	710mm×1000mm　1/16
印　　张	15
字　　数	260 千
版 印 次	2018 年 6 月第 1 版　2018 年 12 月第 2 次印刷
书　　号	ISBN 978-7-5178-2649-1
定　　价	49.00 元

目　录

第二辑　人我和合

第三辑　生活和合

绪　　论

和合是一种思维方式

人们常谈和合,然而对于和合的含义却很模糊。

和合不是乡愿。如果没有原则,一味讨好别人,那是乡愿。而和合则不同,有着鲜明的内在的衡量准则。和合是为了达到双赢而采取的一种方式,是一种内方外圆的处事方式。

和合不是和稀泥。和稀泥不是解决事情的方式,而是妥协的逃避的处事方式。和合则是相对于斗争而言,是探讨采取和平的方式还是斗争的方式解决问题。最终采取的是一种和的,合乎事物发展规律的解决方式。

所以和合非乡愿,非和稀泥,而是我们积极面对事情,面对世界的一种思维的方式。这种思维方式是在充分考虑各方利益和力量,以及事物发展的规律之后而采取的一种能使各方利益最大化,尽量减少损失的方式。所以和合是历代统治者的美好追求,也是我们对世界的一种把握,更是我们遇事而采取的一种思维方式。

要有和合的思维,就要有和合的自我。人永远在追求身与心的和合。身心和合就幸福,不和合就痛苦。只有身与心和合,人遇事才能考虑到方方面面。人的思维是球状的思维,也就是多维、多角度地考虑各方的利益。绝不可执其一面,而不顾其他,只考虑自己的利益,而不顾他人的利益。更不可能永远处于抱怨的状态。

只有达到自我和合,才能与世界处于最好的状态,这个人才会充满感恩之心。他看到的一切都是美好的,一切都是值得尊重的,一切都是自己的朋友,因为天下一家,众生是一体的。伤害别人也是伤害自己。

这样的人,他会尊重自己,绝不会为了自己的利益而无底线地讨好别人。因为他有自己的原则和底线。对待上级,他会尊重,他会提出自己的合理的建议,也知道自己的建议不被采纳后如何处理。他会尊重而不失自己的尊严。对待下级,他会知道如何调动各方的积极性。他知道,人与人之间即使是上下级,互相尊重也是第一位的,人格尊严上永远是平等的。他尊重别人也是有原则的。他懂得进与退。对待自然界,他不会永不满足地攫取,因为他明白人类对自然的任何一种过度的开发,总会遭到报应。

这些其实都是和合的思维。如果没有这种思维,可能一遇到不合之时事,或者一受到委屈,就暴跳如雷。因此没有和合思维的人,办事效率不高。而且永远也不会有一个好人缘,永远也不会受到欢迎。

要培养和合的思维,首先要广读圣贤书。通过读书扩大自己的眼界和境界。知识多了,自己内在的容量大了,就不会对小事执着。一个人如果有世界的眼光,就不会拘泥于鸡毛蒜皮的小事。通过读书,眼光放大了,也就会明白什么是自己真正需要的,什么是自己带不走的,因此就不会钻进名利眼里。读书就是培养这种眼界。

读书可以明理。道理明白了,我们做事就会顺着这个规律,就会有事半功倍的效果。而这个规律就是和合。因为世间万物各得其和而生,所以首先要多读书。

要培养和合的思维,还要多思考。读书可以改变内在,但是读书与现实总还有距离。通过不停地思考,就能把所有的知识都融会贯通起来。而知识一旦通起来,就会明白许多道理,就会把握住许多事物的发展规律,就会对事情有预见性,通过对事物规律的分析而做出科学的判断。

读书多了,思考多了,可以预见性地把握世界,可以不为表面的错综复杂所迷惑。在这种复杂的表面下,抓住了本质就简单。正所谓大道至简。我们把事情复杂化,主要就是没有抓住本质。这个本质就是和的需求。

所以万事万物都是求和,达到和的一种方式。

要培养和合的思维,最好还要有曲折的经历。一位哲学家说,未经审察的人生没有价值,这是很有道理的。我们单单读书读不成圣贤。人不是慢慢成长的,而是突然长大的。如果一个人的思想突然成熟了,并不是他突然读到了什么高深的道理,而是他的人生经历了转变,然后结合自己的所学,做了一些思考。这样的人生才是大成熟。经过曲折变故后的成熟才是真成熟。一个成熟的人,他对世界的处理和把握,是不会以自己为中心的。他总是全面地把握,圆融地处理,和合地解决。黄宗羲说:"先生(王阳明)之学,始泛滥于词章,继而遍读考亭(朱熹)之书,循序格物,顾物理吾心,终判为二,无所得入。及至居夷处困,动心忍性,因念圣人处此更有何道,忽悟格物致知至旨,圣人之道,吾性自足,不假外求。其学凡三变而始得其门。"王阳明的学问开始于大量阅读书籍,后转读朱熹理学,但在格物的理解上始终停留于外表,心中不实,摸不着门道,而后研究佛老之学充实内心,都没有很大提高,最后流放龙场,思考若圣人在自己的处境会如何,参悟到格物致知之道,即一切佛性,身性本足。

反观王阳明的学习之道,体现了培养和人思维的三个过程:读书、思考和经历挫折。

和合是一种对世界的把握方式,也是一种对世界的处事方式。

关于和合文化的理性思考

在和合学日益受到重视的今天，有必要对其现实意义做一个存量的思考。

一、和合是相对于斗争的一种思维方式。

和合是相对于斗争而言的。和合最终是采取和平的方式解决问题。和合是一种和平的，合乎事物发展规律的解决办法。

二、和合不是圆滑。

圆滑的人见什么人说什么话，毫无原则可言。和合则是有自己鲜明的原则和立场，只不过为了达到这个原则，实现这个立场而采取了"和"而不是"斗"的方式。

三、和合文化无处不在。

我们日常生活中，和合文化是无处不在的。我们与人说话，就需要考虑各方面的感受，考虑到如何使别人容易接受自己的观点，这就是和合。大到国际关系中，国家战略中处处存在和合。

四、和合需要尊重。

没有彼此的尊重，就没有真正的和合。如果没有尊重，爱就会变成一种束缚，一种占有，就不可能有真正的和合，有的也只是控制与伤害。人首先要自尊，只有尊重自己才能尊重他人。

五、和合是儒释道三家的内核。

儒家讲的是以义和，所谓君子喻于义，小人喻于利。而一切文化的最终还是归结为人格。所以被人称为君子都很高兴。佛家以戒律来达到和的境界。所谓戒在即佛在。道家以道和。所谓大道至和。

六、和合是一种处事的方式。

生活就是处理各种各样的事情。和合就是一种处理事情的方式。为什么有的人事事顺利,并且处事效率很高,四处结善缘?又为什么有的人一开口就讨人嫌?就是因为一个是以和合的思维,以合作的思维处理事情。而有的人永远以斗争的思维处理事情。这样的结果完全两样。

七、和合是一种看世界的方式。

每个人看世界的方式、眼光都是不同的。这与人的知识阅历环境有关。而和合是我们打开世界的一个法宝。以和的眼光看世界,就会迅速抓住问题的要点和本质。因为世界的本质是万物的和合共生。是而任何一个问题,如果抓住了本质,就会简单。

八、和合需要智慧。掌握了事物的发展规律就是智慧。

没有分寸感的好人只能是添乱。而有智慧的和合,知道什么时候借势。石头能漂在水上,就是势的作用。猪能在台风口飞,就是势的作用。借古人的智慧,借书本的智慧,然后借团队的力量而达到和合。因为有时候和合需要实力。

九、和合的前提是承认差异。

和与同是两个不同的概念。和是与斗相对应的。同是与异相对应的。所以和合的本身就是承认存在差异。因为存在差异,所以需要和合。所以和合不是整齐划一,是各司其职,各归其位。

十、内和方可外合。

一个人如果内心不和,就会看什么都不顺眼,他与世界就会永远处于对立状态。这样的人,即使拥有再多,还是认为世界亏待了他。这种不满、愤懑、敌对会一直紧随着他,他就不会与人有真正的合作,有的也只是利益的平衡与交换。

和合文化如何走进生活

　　文化有三种形态：文化研究，文化事业，文化生活。以和合文化为例，我们研究寒山子的生平、家世、到天台的时间等属于文化研究，作用是保存史料；讲课布道，召开和合文化国际学术研讨会等属于文化事业，目的是扩大、传播和合文化，使更多的人知道并了解和合文化；让和合文化作为一种生活方式、一种思维模式、一种文明习惯进入人们的生活，这属于文化生活，目的是促进自身的幸福与社会的和谐。

　　一、和合文化的基本内容

　　（一）和合文化的内涵——仁和为人，合作做事

　　1.和合的本义与来源：和的本义是声音相呼应。合的本义是上下唇合拢。

　　"和合"一词最早出现于《国语·郑语》："商契能和合五教，以保于百姓者也。"意即商契能和合父义、母慈、兄友、弟恭、子孝"五教"，使百姓安定和谐地相处与生活。

　　2.和合二圣：雍正十一年（1733），雍正帝下诏封寒山为"妙觉普度和圣寒山大士"，封拾得为"圆觉慈度合圣拾得大士"，并称"和合二圣"。

　　3.和合契合人心的解释

　　和合文化与我们息息相关，就如人的相聚也是聚合了许多的因缘，也许就差那么一点点就碰不到，因为一切的聚合都是因缘的和合。

　　和合文化的解释很多，最为契合的解释就是"仁和为人，合作做事"八个字。其中仁和为人是讲做人的，合作做事是讲做事的。和合是做人与做事

的完美结合。

社会的正常状态是"和"，宇宙的正常状态也是"和"。北京故宫里有三大殿——太和殿、中和殿、保和殿，其实代表着"和"的三种方式。太和是自然而然的和；中和是阴阳相互协调产生的和；保和是不协调时，进行一种管制调节而产生的和。以人为例，认识到天下一家，众生一体，损害他人利益最终还是损害自己的利益，因此不去做伤天害理之事，这是太和。干了坏事，即使别人不知道，自己内心也要受谴责，良心也会感到不安，这是中和。做了坏事，会受到法律的制裁，因而不去做，这是保和。

(二)和与合的关系

和合是对中国哲学精神的总结，其内涵博大精深，我们可以简单在两者关系上做如下归纳。

1.和合是因果关系

和是因，合是果。无论何事的变化都是由内因和外因相互作用的。而内因总是起主导作用。我们心的需求是无穷的。如果不断向外找，就是不断向外掠夺、杀戮、战争，后患无穷。如果不断向内找，就会不断地内修，力量也是无穷的。世界之大，修于一心。所不同的是，向外找，烦恼不断；向内修，力量无穷。

因为向内修即是专注于事，专注就是创造。当我们从内心找到一个快乐的源头，比如一项兴趣爱好，就会使自己快乐起来。因为每一项兴趣里都有精彩的人生。而向外找，我们得到了又怕失去，所以即使得到，也会带来许多烦恼。即使拥有再多，内心永远不会满足，所以不会快乐。

2.和合是内外关系

和是内，合是外。

内有不和之因，外结不和之果。所有的不和其实先是内心的不和。中国的文化都是讲内修的，内和方可外合，内和方可外顺。内和是因，外合是果。内和为外合之基，外合为内和之用。

单位里真正担重任的业务骨干往往不是整日抱怨不停的那些人。相反,那些整日无所事事的人反而总是牢骚满腹。这就是内心不和的表现。

一件事情,如果接受了,就不会感到苦和累。如果内心没有接受,即使轻松的工作,也会牢骚满腹。因为心是苦乐的根源。如果内心不和,即使工作轻松,相比肯定还有比自己更轻松的。这样一比较,内心就不和了,不平之眼看世界,结果是看谁都不顺眼。而世界之丰富多彩,就在于我们看它的角度不同。因为看到的都是不平的事物,所以内心就会自觉地以不平的心态对待世界。家里关系也不会和谐,同事关系也是一团糟的。所以各方面事业都是不会顺利的。幸福是珍惜出来的,痛苦是比较出来的。这是内外关系。

3. 和合是前后关系

和在先,合在后。

没有内心平和的合作不是真正的合作,有的也只是暂时的妥协。这是不同而和。孔子说:"君子和而不同,小人同而不和。""和而不同"指的是在具体问题看法上持有自己的观点,但同他人保持和谐友善的关系。"同而不和"指在具体问题看法上附和迎合别人的言论,但是内心并不是抱有和谐友善的态度。"和而不同"存在争论,"不同而和"没有争论。这是两者的本质区别。

而许多时候,我们常常错置因果,把果当作因。如家里夫妻争吵,同事对自己不友好,这其实是果,是内心不和所结的果。因为内有不和之因,外结不和之果。原因是自己内心不和,内在不够强大,过多受外界的影响。而我们往往把这个看成因,不从自身下功夫,反而一味责怪别人,结果造成家庭不和,工作不顺。这是前后关系,内和在前,外合在后。

(三)和合文化的地位——和合文化是传统文化的核心

世间万事万物其实都有一个核心,不管规则的还是不规则的,都有一个中心在维持着。只不过,有时这个中心我们容易看到,有时我们发现不了。

1. 人是万物的核心

万物都有核心。宇宙是不规则的,但它也有一个中心,这个中心就是人。人是宇宙的中心。所谓宇中四大,人居第一。如果没有人类的生活和改造,世间的草木自生自长,动物也自生自灭,这个世界将是怎样的一个景象?这是根本没法想象的。但总的一点是可以肯定的,就是缺乏生机和活力。

有人的地方就有生机,就是春天。正因为有了人类的创造,才使大自然丰富多彩,充满了生机活力,呈现出一片欣欣向荣的景象。

2. 文化是人的核心

社会现象包括政治、经济、文化三大部分。政治是人对事的处理,其核心是人。经济是人对物的处理,其核心也是人。而人的核心,也就是人的显著特征,就是其思考模式。而人的思维模式,在很大程度上是由其文化决定的。因此,人的文化状况,很大程度上决定着自己是个怎样的人。也就是文化决定着这个人的生活状况。著名作家龙应台说:"日子怎么过,就是文化。"文化是人举手投足之间显示出的品位。人性的差异源于文化的差异。

人的相貌各异,思想更是千奇百怪。每个人都是一个宇宙。身是小宇宙,心是大宇宙。人与人最大的差别还是人的思想,也即人的文化。文化差异最能反映出人的差异和区别。

所以文化是人的核心。

3. 和合文化是传统文化的核心

"和"是社会永恒的追求。自公元前 140 年汉武帝创年号开始,仅两汉360 年间,含有"和"的年号就有征和(汉武帝)、绥和(汉成帝)、元和(汉章帝)、章和(汉章帝)、永和(汉顺帝)、建和(汉桓帝)、和平(汉桓帝)、光和(汉灵帝)八个。可见,"和"是每个统治者向往的社会图景。

所有的政治、经济、法律、宗教,其实都是求得"和"的一种方式。所不同的是,在善恶之间加大制衡与扶持,以求得平衡。有的惩罚恶的方面力度大一些,有的小一些。有的扶持善的力度大一些。仅此而已。

中国传统文化儒释道,其实都是求得和、达到和的一种方式,只不过表现的形式不同。儒家是讲义和,所谓君子喻于义,小人喻于利。道家讲的是道和。道的最高境界是和。和生万物,无为无不为,是天下的大道。佛家讲

的是戒和。所谓六和戒,所谓戒在即佛在。实际殊途同归地达到"和",达到
人与自然、人与社会、人内心的和谐。

小至日常谈话,大至国家战略,和合文化无处不在。有一次,苏格拉底
问他的学生:"话应该怎么说?"结果回答各式各样,不一而足。有的说应该
简单明了;有的说不行,要考虑对象,尤其要考虑对方的个性、经历;有的说
应根据不同的情景而定。苏格拉底毕竟是伟大的哲学家,说出了"说自己想
说的话,以别人喜欢的方式"这句经典名言。确实如此,内容再好,如果别人
不喜欢听,也就不会接受。

为什么历代统治者都强调和合文化?因为内心里,文化基因里都喜欢
走极端。这也是一种和合。如春秋战国时,百家争鸣,统治者都在寻找精神
支柱和思想的依靠。秦始皇统一六国后,就焚书坑儒。秦朝尚法律,因此有
比较严格的法制。汉朝就罢黜百家,独尊儒术。唐朝重武力轻文化。宋朝
重文轻武,结果屡次遭受入侵,却一味求和。唐宋喜欢诗词,大气开放,文风
浩荡。明清就来个尚八股文,来约束人的思想。

所以说和合学是中国传统文化的核心内容。将和合文化运之于人际关
系,则能够和谐万家;运之于文化,则可实现百家争鸣、春色满园;运之于外
交,则可协和万邦,实现天下太平。

我们处在全球化的时代。全球化的时代需要全球化的理念。这个理念
不是斗而是和。这是自然的规律。但是在现在这个过程中,一方面是经济
上不断同质化,另一方面却是文化上不断地异质化。这种多元性导致冲突
不断。因此当前面临的最大问题是文化与经济如何和合共存的问题。因为
思想的转变是一切转变的基础。

这是对和合文化一个初浅的解读。

二、和合文化的基本规律

自然是多姿多彩的,社会是多种多样的。和的力量就是把多姿多彩的
世界元素凝聚在一起,相辅相成,共生共长。

"万物并育而不相害,天道并行而不相悖。"我们人就和合在这丰富多彩

的世界里。

和合本身就包含诸多差异。和合的前提不是抹杀差异,而是承认差异。"刚柔相推而生变化","一阴一阳谓之道"。万事万物正是在这既对立又统一的状态下,不断寻求平衡,实现和谐,求得发展。

道的规律就是恢复平衡,达到和的境界。天道在和。如大人物出名靠小事。小人物出名靠大事。重要的字都比较简单。越是烦琐的字越不重要。这都是和合文化的规律。

(一)和合相生

主要是阴阳思想。万物不离阴阳。阴阳是天地间最大的学问。懂了阴阳就懂了事物的发展规律。所谓"阴阳"是古人对宇宙万物两种相反而又相成性质的抽象概念,也是宇宙对立统一及思维法则的哲学范畴。天地有阴阳。阴阳结合而生万物。

阴阳和合谓之人。和合就是事物对立的统一,既同又异,在差异中求同,推动事物不断发展变化。天地和合,天人和合,阴阳和合不断产生新的事物。万物各得其和以生。

1.相互依存

阴阳的一个规律是互根互用。所有的事物包括宇宙、自然、社会和人生,都是分阴阳的。这两部分相互依存,互不分离,你离不开我,我也离不开你,共同构成互动关系,如天地、水火、山泽等等,构成北宋儒学家张载说的"有像斯有对"。阴阳相互依存,彼此依靠对方而生存,好与坏、善与恶、美与丑等等在世界上总是相对存在的,任何一方都不能脱离另一方而单独存在。同样意思的句子还有"孤阴则不生,独阳则不长,故天地配以阴阳"。意思是说,阳依附于阴,阴依附于阳,在它们之间,存在着相互滋生、相互依存的关系,即任何阳的一面或阴的一面,都不能离开另一面而单独存在。

以人体生理来说,男属阳,女属阴,男女结合产生新的生命。就人个体而言,身体表面为阳,身体内部为阴。体内各种营养物质是身体外机能活动的物质基础,有了足够的营养物质,机能活动就表现得旺盛,两者相互和合促进人的健康发展。

以自然界来说，外为阳，内为阴。上为阳，下为阴。白天为阳，黑夜为阴。如果没有上、外、白天，也就无法说明下、内、黑夜。

虚云老和尚说，甲不自大，因乙而大，乙不自小，因甲而小，就是说明大与小的依存关系。

以上说明二者是相互依傍、存亡与共的，如果没有阴，也就谈不上有阳。没有单独的有阴无阳，或者有阳无阴，这就是"孤阴不生，独阳不长"。

2. 相互转化

阴阳的第二个规律是对立制约，相互转化。万物皆有阴阳。事物的变化实际上就是阴阳的此消彼长。

一切因缘皆是刹那。阴阳是统一于事物内的两个方面。它们之间的和谐是有条件的、暂时的，因而是相对的。因其无休止变化的缘故，所以变化是绝对的，不和谐是绝对的。例如人类都渴望和平，但是总是时刻充满着战争的阴影。因为各种力量在此消彼长，所以有人说和平只不过是实力均等下的休战状态。但和平毕竟是整个人类社会的主旨。

道德经说有无相生，难易相成，长短相形，高下相倾。道教南宗创始人张百端认为"八卦为子孙"，说的都是事物好坏相互转化，没有绝对的好，也没有绝对的坏。

3. 相互和合

阴阳的第三个规律是相互和合。宋朝著名哲学家张载说，"仇必和而解"。冯友兰说人是最聪明，最有理性的动物，人类不会"仇必仇到底"。因为恶是治不了恶的，只有和才能化解仇。

美学家朱光潜说，阴阳相反，两极常相交而合。阴阳交感而生宇宙万物。在宇宙自然界，事物的形成规律就是阴阳交感而生。天之阳气下降，地之阴气上升，阴阳二气交感，化生出万物，并形成雨雾、雷电、雨露、阳光、空气等等元素。这些元素又相互交感，生命方得以产生。所以，如果没有阴阳二气的交感运动，就没有自然界，就没有生命。可见，阴阳交感是生命活动产生的基本条件。

不论哪一种生命,其实都是各种因缘、各种元素在和合的情况下产生新的生命。所谓天地和合,万物自生。

(二)和合相容

一个人的五官各有所能:眼睛是负责看东西的,鼻子是负责呼吸的,嘴巴是负责吃东西的,耳朵是负责听声音的,舌是负责品尝滋味的。只有五官各司其职才是和谐,才是正常的人。肠胃和谐,人才能健康。五官和谐,相安无事,人才能快乐。

1. 和而不同

人与人的世界观,人生观不可能完全相同。如何对待这种不同与差异?孔子提出"君子和而不同"的理念,君子在人际交往中能够与他人保持一种和谐友善的关系,但在对具体问题的看法上却不必苟同于对方。这就体现了一种很大程度的包容性。

在日常生活中,人们对某一问题持有不同的看法,这本是极为正常的。真正的朋友应该通过交换意见、沟通思想而求得共识。即使暂时统一不了思想也不会伤了和气,可以经过时间的检验来证明谁的意见更为正确。因此,真正的君子之交并不寻求时时处处保持一致。相反,容忍对方有其独立的见解,不去隐瞒自己的不同观点,才算得上坦诚相见、真诚相待、肝胆相照。这就是君子和而不同。

2. 和而中道

人有几种人生观。唯"空"的人生观,也就是认为一切都是虚幻的,不实在的,是因缘组合的暂时存在而已。万物都无实性。人一生下来就是倒计时。比如,我们住的房子,看起来是实在的,但是也只是各种材料的暂时组合而已。几百年以后也就不存在了。人生如过眼云烟,一切都是虚幻的。这种人生观容易走向消极,认为奋斗也无实际意义,一切都是过眼云烟,还不如及时行乐。

还有一种唯"有"的人生观,认为世界各种物质就是客观存在的,是实实在在的存在。一切都是永恒的。如自己的房子、孩子、车子等等,认为都是永远属于自己的。这种看似积极的人生观，实际上容易形成严重的我执。有为太过必反失之。例如两夫妻之间，唠叨不停，往往是因为太在乎对方、太爱对方了，所以总希望对方能够圆满，总是想改变对方。而要改变一个人是很难的，所以争吵不断。其实真正的爱不是去改变对方，而是改变自己。

当得不到的时候，我们就会形成很大的失落感。万事都有一个度，积极过头了就不好，容易形成我执，走向极端。比如两夫妻之间，往往不是不爱，而是太爱对方，所以什么都要管。总要把对方变成自己理想的模样。而实际上，改变一个人的思想是很难的。因为都想着改变对方，事实又改变不了，所以争吵不断，痛苦不断。而我们如果放弃改变对方的念头，转而改变一下自己，可能就不一样了。我结婚二十几年了，没有改变对方，自己倒是被改变了许多。

还有一种就是"和合"的人生观。万物都是一时的存在。人生亦如此。人生的意义在于过程的丰富多彩。万物有其发展规律。万法相互缘起，世事不可强求。万事在缘不在能。万事尽心尽力即可。成败则是由各种因素组成。自己只管尽力去做。因上努力，果上随缘。这种人生观就是对两种观点的包容和融合，是比较智慧的人生观。这种人生观者在过程上认真但是在结果上不较真。万事随缘一本经。凡有这种人生观者，处事执着而不固执，随缘而不随便，圆融而不圆滑。做人求同，做事求异，是一种内方外圆的人生观。这样的人一般都比较乐观，比较快乐，比较幸福。布袋和尚说："手把青秧插满田，低头便见水中天。内心清净方为道，退步原来是向前。"人生许多时候就是如此。四大皆空示现有，五蕴和合亦非真。

3. 和而合异

中国人讲五音和合，五味调和。治大国如烹小鲜，讲的都是时机和火候。比如大厨做菜，必须使酸、甜、苦、辣、咸调和在一起，达到一种五味俱全、味在咸酸之外的境界，才能算是上等佳肴。比如音乐，必须将宫、商、角、徵、羽配合在一起，达到一种五音共鸣、声在宫商之外的境界，才能算是上等美乐。反之，如果好咸者一味放盐，好酸者拼命倒醋，爱宫者排斥商、角，喜商者不用羽、徵，别人肯定不喜欢听。不能容就不能和。

夏侯玄（209—254）是三国时期曹魏官员、玄学家。一次，宣王司马懿向他询问时事，夏侯玄提出了"除重官""改服制"等改革建议，司马懿赞之"皆大善"。关于"除重官"，夏侯玄认为："和羹之美，在于合异；上下之益，在能相济。"意思是说，佳肴美馔，在于能够调和各种不同的味道；良好的上下级关系，在于能够彼此相互学习，取长补短。

（三）和合相进

和是因，合是果。和是内，合是外。其实和合是因果关系，也是内外关系。任何成大事者都必须有合作的思想。大合作才有大成功。单枪匹马是匹夫之勇，成不了大器。所以和合思想最终还是为了进一步发展，也就是和合相进。

1. 和合生新

和合萌生创造。所谓创新实际上就是通过对材料的重新组合而达到一个新的状态。社会发展进步的本质，就是否定旧事物，产生新事物。每一个新理论的出现，每一次科学技术的新突破，每一个科学难题的解决，实际上都是和合文化的运用。宝玉和石头的本质是相同的，只不过分子的排列方式不同而已。

2. 和合生变

刚柔相推而生变化。月满则缺，水满则溢。反动，道之极致。宇宙万物各有其存在发展的极限或转折点，一旦达到其临界点则走向其反面，即阴阳互为界限而制衡。"日往则月来，月往则日来，日月相推而明生焉。寒往则暑来，暑往则寒来，寒暑相推而岁成焉。往者屈也，来者信也，屈信相感而利生焉。"刚柔相推，阴阳相制，由此形成了昼夜、四季、岁月及人类社会的吉凶。

3. 和合生道

一阴一阳之谓道。很多事物的变化实际上就是阴阳的转化，只是彼此的消长而已。懂得阴阳的变化也就是把握了事物的发展规律，也就近乎得道。事物就是在阴阳转化中发展变化的。例如月亮的圆缺，例如潮水的变化,例如季节的轮换,我们对四时农事的安排其实就是根据季节的变换而生的。

三、和合文化的运用

政治以实力影响人,经济以利益服务人,而文化则以魅力感染人。文化的魅力在于交流,在于被广泛地接受。因为文化只有在交流中才能发挥其化人的作用。从而使我们600万台州人民,58万天台人民成为传播和合文化,建设和合圣地的主体,使和合文化真正走进百姓心里,实现各人和谐,家庭和谐,单位和谐,社会和谐,过上幸福的生活。这样我们台州的和合圣地建设就自然而然地建成了。

追求幸福是人的本能。幸福是心的满足,是无法衡量比较的,因此没有标准答案。幸福是个选择题,不是证明题。它属于会幸福的人。最好的幸福是丰富的安静。因为一个人如果内在丰富了,无论如何,无论到哪里,他都会过着诗意的生活。有心生活,处处诗意。所以关键还是强大自己的内心。而造就强大的内心是以内在的和谐为前提的。内心和谐才是最重要的,才是幸福生活的基础。

人生其实就是一种和合,就是如何和合我们的事业。什么是事业?举而措之为天下之民,谓之事业。我们的家庭,我们的责任,就是如何和合,如何平衡三者的关系。一切的和合都是以内心的和合为前提的。

那么,如何和谐内心?

(一)多读书

1. 读书可以修饰容貌

美分为自然之美、粉饰之美、养成之美三大类。其中自然之美是天生的,粉饰之美则是一种外在的美,是缺乏内涵的表面的美。而养成之美,是通过读书,改变人的学识、气质,使人在举手投足之间显示出的无处不在的美。这种美是真正的大美。

如何才能养成这种大美?唯有通过读书。孔子有一个学生,名叫闵子骞,原来形容枯槁。后来跟孔子学习了半年以后,面色红润,精神焕发。人问其故,答曰,以前不明事理,老是胡思乱想,气郁结于心,自然面色难看。而跟了先生后,很多事情都想开了,想通了,气也就顺了,所以人也精神了许多。这就是所谓心正气顺,心开脉解。

确实,这种养成之美,是化妆品永远也化不出的。那种由内而外的从容淡定,不慌不忙,气定神闲的气质美,是人生的大美。信手拈来的从容,乃是厚积薄发的积淀。所以岁月从不败美人。这种优雅的气质可以使人美丽一辈子。

而人到一定的年龄,其他两种美会逐渐失去。所显示的多为所读过的书,所思考的问题内化出的精神长相。莎士比亚说"凡有所学,皆有所相"是很有道理的。一个人如果老是想着如何算计别人,老是想着如何占别人的便宜,自然显现出与之相应的丑陋相貌。

2.读书可以增长智慧

读书可以培养我们的眼光。会读书的人,有知识的人,好比在山顶上看问题,看得又远又清。没知识的人,好比在山沟里看问题,那苦得很。确实如此。因为书籍是人类智慧的长生果。一个伟人曾说,世界上所有的东西都可以在书本里找到。

因为读书就是和古人对话。读一本书,实际上是吸收作者智慧的精华,是和智者聊天。书读多了,增长了智慧,自然就有了神通。所以说读书万卷可通神。

3.读书可以强大内心

幸福可以学,但是没有幸福学。因为幸福没有标准答案。每个人的幸福都是不一样的。读书能使人的心不断变大,变善,变强。一颗强大的心是不会被外界所影响的。我们的痛苦往往是过于执着所致。书读多了,可以看淡对名利的追求,会更加注重精神生活,从而减少对物质的追求。

我们对物质生活追求多了,即使满足了,也会有一种过犹不及的感觉。如生活条件好了,反而感觉没有什么可以吃了,内心反而感到空虚。但是对精神越是追求,内心会越是丰富,因此越是快乐。所谓其质之美,物不足以饰之。因此,精神的享受可以无边无际。

　　一个人如果没有从内心改变，即使表面有再多的浮华，也无法真正改变生命的状态。佛经里有这么一个故事，说有一只老鼠在听佛祖讲经，后来来了一只猫，老鼠很害怕，就请佛祖把自己变成了一只猫。后来来了一只狗，这只猫害怕狗，又请佛祖把自己变成了一只狗。后来来了一只虎，这只老鼠又请佛祖把自己变成了一只老虎。后来讲经结束时，这只老虎对佛祖说，我虽然变成了老虎，但看见猫还是害怕。这就是表面改变但内心不强大的例子。靠貂皮大衣穿不出贵族气质。

　　相反，一个人如果内心强大，对于他而言，所有的失败，都可以是另外一种形式的成功。所以他们可以做到不为物喜，不为己悲，幸福常驻。因为他们明白，什么是自己真正需要的，什么是自己带得走的。一个人如果两者都明白了，思想就通了，就不会在一些小事上与人斤斤计较。这样才会想大问题，做小事情。

　　一个人内心强大了，就会主动承认错误。许多时候，主动认错会收到意想不到的效果。我女儿老是说我饭烧得不好吃，这时如果正面教育，说大人怎样辛苦，怎样不容易，她根本听不进去。这时，我就说，哎呀，爸爸太笨了，连饭都烧不好，害得你们吃不到可口的饭菜，都是我不好。这样说，女儿马上就不说话了，很快地吃了饭（并且一个星期内可以吃得很多）。这其实是善于认错。生活中，认错是一门学问。认错，要有一个强大的、和谐的内心为基础，而强大、和谐的内心又是以学习丰富的知识为基础的。唯有不断学习，方可造就和谐而强大的内心。正所谓学问深者意气平。

　　（二）多思考

　　不经思考的学习没有任何意义。没有经过思考，得出的结论是没有力量的。思考后再做事情，内心就会非常清楚。所以要多思考。什么是人？以多思义，故名为人。人区别于动物，就是因为人会思考。

　　我们的知识只有走进内心才有意义，因为只有走进内心才能真正消化。所谓入心则化，化就是改变，就是改变我们的思维，改变人的行为，改变人的气质。

1.思考是一种消化

儒家有迂儒、俗儒、通儒之分。读书不思考等于吃饭不消化。人是由身和心两方面组成的,也就是物质生活与精神生活。身体靠吃饭成长,心灵靠知识涵养。一个人如果吃饭不消化,肠胃就不会和谐,人就不健康,就不会有强健的体魄。同样,一个人如果读书很多,但是不思考,等于是吃饭食而不消化,不会转化为自己的营养。而对书本的消化,就是通过不断思考得以实现的。

2.思考是一种创造

思考是一种专注。而我们专注一样事物,实际上就是在创造,在创新。创新是人类不断向前发展的动力,也是对知识的一种再生产。文化就是人化和化人不断互动实践的产物。它贯穿于整个人类的活动。

3.思考是一种运用

多读以顺之,多思以通之。读书贵在一个通字。读得再多,如果不能融会贯通,实际上也还是死的,是不能转化为智慧的,更不能转化为处理事情的能力。因为知识与能力毕竟还是有差距的。只有思考才能消化,才能化为营养,才能化为智慧,才能不断地明晰思路。孔子说:"学而不思则罔,思而不学则殆。"很有道理。

(三)多实践

王夫之曾说:"才以用而日生,思以引而不竭。"也就是说,人的才干越是使用越会日益增长,人的思维越是多思越不会枯竭。

法国文艺复兴后期思想家代表蒙田说,人要有三个头脑,天生的一个头脑,书中学来的一个头脑,生活中得来的一个头脑。

1.实践是学习的目的

年轻时人认为,人的改变是思想的改变。认为思想改变了,人就改变了。其实,随着年龄的增长,越来越意识到,人最根本的改变,不是思想的改变,而是语言的改变,行为的改变。如果一个人满腹经纶,行为却肮脏不堪,等于是没有知识。因为他给别人的反面能量更大。学习知识的目的是运用。运用知识来方便我们的生活,使我们的生活更加接近事物的发展规律,也就是道家所说的道。再简单的如肚子饿了要吃,困了要睡,其实就是知识的一种运用。我们从书本学习知识,用生活注解知识。这样的人就会不断强大。如果不会运用知识,等于是没有知识。知而不行,等于不知。

2.实践可知学习的不足

万事知易行难。我们对知识掌握得怎么样,是真正的理解,还是一知半解,能不能解决问题,只有在实践中运用才可知道。通过实践才可知学之不足。人的知识有三种来源,生而知,生来就知道的;学而知,通过学习知道的;困而知,在遇到困难时学到的。人的知识人部分都是学来的。学来的知识在实践运用中发现不足,然后再去学习,再去思考与运用。就会不断得到正知。

3.实践也是一种学习

哲学家周国平说"文章是案头之山水,山水是地上之文章"。读书与生活是互补关系。把自己的生活作为正文,把书籍作为注解,就可使知识不断在实践中得到运用。万物皆可为师。学习是对知识的摄受,是教会我们看世界的方法,教会我们如何去走向远方。但是关键还是要去走。如果不去实践,终究到达不了远方。如我们生病了,不去吃药,而在那里背诵药方,不会使病好起来。如我们知道掉到水里应该游泳,但是如果不学会游泳,当我们掉进水里的时候,就只有淹死的份。人只有在实践中才能真正地增长才干。

实践是检验真理的标准。纸上得来终觉浅,绝知此事要躬行。实践也是一种学习,在这种学习中提升生命的状态,才是幸福的人生。每个人都在追求属于自己的幸福。因为人的幸福从根本上说,是一种更好的生命状态。如果没有一种好的生命状态,即使拥有再多,也无法为自己找到幸福之路。也许财富越多,权力越大反而越痛苦,对社会危害越大。

知识不是力量。运用知识才是力量。运用知识就要实践。

人都在追求属于自己的幸福,然而幸福却是属于会幸福的人。不会幸福的人，即使拥有再多，也毫无意义。幸福在内心的满足需要平和的心态。

　　和合文化既是我们的世界观，更是一种方法论，是一种运用于生活的智慧。学和合、运和合即是使人生走向安静，心态平和的一个重要法宝。内和方可外合，内和方可外顺。

　　法无定法，贵在得法。这是我学习和合文化，运用和合文化的一点体会，与大家共享，希望能与大家有所共鸣。

自我和合

最大的道场在自己的内心

人们常把修行的场所叫道场。

道场最大的特点是安静,做事情合乎规律。道场代表着正能量,代表着与智慧相应,是正能量的聚集之地。一个人,不论是帝王将相、达官贵人,还是贩夫走卒,也不管人内心是多么浮躁烦恼,只要到了道场,他的心就会马上安静下来。这是因为,道场解决了触及人的内心的心灵问题。而人的内心的问题一旦解决了,人也就轻松了。

因此,人们常常把与道相应的地方也叫作道场。

做事合乎规律,就是道。如我们秋收冬藏,就是合乎四季更替的规律。白天工作,晚上休息,这是合乎日月运行的规律。这是看得见的道。

所谓合乎规律,就是符合这个运行的规律。用心去体会这种规律,然后让自己的心去适应这种规律。凡是合乎发展规律的就是合乎道。

我们到寺院去,到道观里去,其实就是为了丢却外面俗世的烦恼,达到心灵的自在轻松。极少有人只是为了去看看寺院,看看草木。因此,我们如果在哪里能够得到解脱,心灵能够得到自在,哪里就是自己的一个道场。

相反,一个人如果内心没有得到解脱,没有在自己内心建立道场,就是天天往寺院宫观里面跑,内心也不能得到自在。因为心是我们的容器,这个容器污染了,里面的东西肯定会被污染的。即使暂时得到解脱,也是不会长久的。

就好比一个人,在单位里与人相处不好,如果内心不改掉自己的缺点,总是认为是别人的错,都是别人不好,这样就是换再多的单位,也是无法与人好好相处的。

因为每个单位都有问题。除了此地,没有净土。一个人只有在内心净化自己,正确地认识自己,学习别人的长处,不断改正自己的缺点,加强与别人的沟通,才能与别人和谐相处,也就是从内心做起,建立道场。这也是有些人,单位换来换去,没有一个单位欢迎的原因所在。因为他不能正确认识自己。他没有在自己内心建立道场。他做事没有合乎规律,总认为自己是对的。

相反,有些人不论到哪里,他总是受欢迎的。他总有很好的人缘,他总能和合大众。看起来他是不露声色的,是默默无闻的,但是他讲究的是处事的技巧和艺术,他是用外圆内方的工作方法。他既不得罪人,又坚持自己的原则。他是在内心建立自己的道场。

因此最大的道场不在别处,而在内心。在自己内心建立道场,对人的生活,对人的事业,对人的家庭都是至关重要的。只有在自己的内心建立道场,才能四处受欢迎,四处建功立业,不断地使自己的人生走向完美与成熟。

在学习中建立内心的道场。学习是干什么用的?就是拓宽我们的心量,打开我们的心胸,提高我们的境界。人的能力从哪里来?就是来自知识。一个人在不断地学习,不断地增加知识,他的处事能力,他的眼界眼光,他的心胸气魄,就会不断地扩大。他根本不会在乎细小的枝节。学习培养的就是我们的眼力,对事物的判断能力。一个没有知识的人,他看事物是在山沟里看,视野非常狭小。但是一个有知识的人,他看世界,就是在山顶看。因为在山顶看,所以能看到全面的世界,看到精美的风景。学习也能培养我们的气质,能使我们的内心变得安静祥和,柔软而丰盈,在一定程度上能够达到感化他人的效果,这就是内心的道场。

在生活中建立内心的道场。知识与生活,毕竟有别。学习给我们知识,给我们看世界、解读世界的方法。这当然能开阔我们的眼界与心胸。但在许多问题上,知识与能力还是有区别的。如何运用这种方法,去解释世界,这就是生活。知识的运用能力,应该在生活中得到提高。书本教给我们的是知识,生活教给我们的是能力。如学习游泳,光有理论知识还是不够的,开车也一样。我们如果既有丰富的知识，又有生活的阅历，知识与常识相结合，那么人就会不断完善起来，也就是在内心建立了自己的道场。

在烦恼中建立内心的道场。人都有烦恼。每个人烦恼起来的时候，就是我们应该在内心反思的时候。是自己欲望太高，能力不够，还是时机未到，因缘未熟？找到原因，然后对症下药，也就是解决烦恼的方法。而每一次烦恼的解决，就是对自己的精神体检，也是一次自我反思，更是对人生认识的大提高。

所以当烦恼来时，对我们来说也许是好事。是促使自己反思的机会，是找到自己修行的下手处，是指引自己前进的方向，也是给自己的一次体检。我们不应该排斥烦恼，而应该好好地利用烦恼。

烦恼往往是和欲望连接的。欲望又和私心紧密相关。所以每一次烦恼的解脱，其实就是自己的心胸扩大的过程，情怀提高的过程，也就是在自己的内心建立道场的过程。

每个人都应该有自己内心的道场。这是自我提升，自我消化的需要，也是自我成长的需要。

做一个会思考的人

　　人与其他动物最大的区别是人会思考。

　　思考就是心灵的劳动。

　　也正因为会思考，人才成为万物之灵。

　　做一件事情，思考后再做与没思考就做，结果是不一样的。

　　一个会思考的人，他做事总是考虑到事情的方方面面，总是考虑到各方面的感受，尽量均衡各方面的情绪，进而形成最佳的方案。

　　而一个不会思考的人，做事情总是顾此失彼，常顾及一处而不及其余。

　　思考使人深邃。一个有思考能力的人，总能看到常人所看不到的地方，看到表面背后的实质所在，看到根本的决定性的影响所在，从而使看到的问题更加深刻。

　　一个习惯于思考的人，他的世界观、人生观，会在思考中不断走向深入。

　　思考可以看清问题的本质。一棵毒树，常常结出有毒的果实，使别人受到伤害。为了去掉这种有毒的果实，可以有不同的办法。

　　有人直接摘掉了果实，就以为解决了问题。殊不知，今年摘掉了果实，明年还是会长出来，还是会伤害别人。

　　也有些人直接锯掉了果树。一段时间内确实长不出有毒的果子，但是几年过去以后，还是会开花结果，还是会毒害人家。

　　因此这些都不是根本的解决方法，都没有抓住问题的本质。看得清楚的人，直接就挖掉了果树，连根挖掉。所以这棵树再也结不出果实啦。别人再也不会误吃毒果而受伤害。这才是根本的解决问题之道。

　　只有习惯于思考的人,才能看清表面背后的实质问题,从而更好地解决问题。只有抓住了问题的本质,才能使事情变得简单,才能化繁为简、变难为易,才能彻底地解决问题。

　　思考有利于使事情条理化。我们做事情都有一个审条理,别分寸的过程。一个人做事,如果能做到条分缕析,并且掌握好分寸,就是一个聪明的人。而这种能力来自思考。

　　任何事情都有解决之道。天下大事,必作于细。天下难事,必作于易。万事万物都有其下手解决之道。通过思考找到解决问题的下手处,才是解决的办法。

　　会思考的人,也是做事情有条理有分寸的人。抓住了条理,掌握了分寸,实质上也就是抓住了事物发展的规律。

　　而一个人做事情,如果能把握事物的发展规律,就能收到事半功倍的效果。可以花很少的力气,收到最大的效果,可谓得道。

　　思考使自己更加快乐。一个真正会思考的人,他的人生看得比较透彻。万事万物都有一个核心,会思考的人总能抓住核心。核心解决了,问题也就迎刃而解,所以做事效率就高。会思考的人,会看清事物,看清世界,也就是会转换思维、转化环境。心能转境就是快乐之人。我思考我快乐。一个会思考的人是强大的人,是快乐的人。

　　同时,会思考的人即使一时不如意,问题解决不了,他也不会怨天尤人。他会分析总结原因。一件事情失败了,不是真正的失败。没有从失败中吸取到教训,寻找到失败的原因,这才是真正的失败。

　　任何小事中都蕴含着大道理。所以我们应从小事中去思考。小事情大道理这样的例子很多的。事情的千差万别表现为“事”。绝对平等的为“理”。凡有事必有理。如同有身必有心,同一个道理。

　　任何司空见惯的小事中,都包含着大道理。世间一物总是关联着一物。世界发展就是这么一个层层相扣的过程。

　　仔细思考,世界上没有单一的事物。任何一方的变动,都是关联着整个世界的。只不过力有大小,效果有明显、不明显的区别。所以无尽的远方,无数的人们都和我们相关。

在书本中思考。读书离不开思考。离开了思考,读书只能是学而不化。有些人越读越痴,最后读得疯疯癫癫。根本原因,就是在读书中没有思考。

读书会思考就是把古人,把智者贤者的智慧消化为己所有,为己所用,把智者的学问全部吸收为自己的营养,这样,自己就会不断壮大。

相反,如果不思考,食而不化,只会鹦鹉学舌,结果只会离作者的本意越来越远,最后只能越读越迂。

只有食而能化,化而能食,才能使自己的学习形成良性的循环,才能强大自己的学识,强大自己的内心。

要有普遍联系的思考。世界就是一张大网。任何一个点都普遍联系着世界。我们的起心动念都可能改变整个世界。蝴蝶效应,在现实生活中确实存在的,只不过我们感觉不到而已。

所以我们思考问题的时候,应该普遍联系起来思考,把各种知识都融会贯通起来思考。这样你就是智者,就是贤者。

做一个会思考的人。

一个真正会思考的人是聪明的人,智慧的人,幸福的人,快乐的人。

当然,也是一个受人欢迎的人。

"人是自己食物的产物"

"人是自己食物的产物。"

这句话是著名哲学家费尔巴哈说的。第一次读到时,感觉值得反思,很有意味。仔细思考,又感觉不到美妙在什么地方。再次读时,又感到耐人寻味,简单但是隽永,富含灵性,深感里面确实有着丰富的人生哲理。

从外表看这句话可以理解为,人离不开生活的环境。黑格尔说:"人离不开他生活的环境,就像离不开土壤一样。"我们人的生活是时刻受生活环境影响的。如北方人与南方人,因为环境,习性等的区别,他们的气质完全不同。

大的环境,如国家政策,全球气候,一年四季的更替,我们是摆脱不了的。所谓大环境即道。我们只有遵循这个环境,然后在此基础上有所作为。

这是大环境对人的影响。

当然,哲学家的意思绝不止这表面的含义。而是超越物质表面的,深层次的精神上、心灵上的影响。因为心灵的影响才是最重要的。决定一个人的不是外表的而是内在的心灵的生活。

心者貌之根。心是我们相貌的根本。我们所读过的书,我们所学过的知识,都会转化为内在的营养,表现在我们的相貌上。

一个读书的人,他的内在一定充满书卷气。那种腹有诗书气自华的豪迈气概是其他人永远也学不到的。那种读书万卷可通神的智慧也是知识内化在外在的相貌上的表现。那种优雅的书卷气是很有力量的。

一个人长期坚持做的事情,决定他拥有与此相应的气质。一个人从事

034 和 合 生 活

什么样的工作,如果他专注于此事,他的内心关注的就是与此相关的事与物。他就会时刻关注与此相关的事物。他的敏感点、他的摄受力、他的关注点都会集中于此。因为人都是选择性地看世界。世界也是因为每个人内心的不同而有不同的意义。不然,大家看到的都是千篇一律的世界,这个世界就会黯然失色。

一个人专注于自己从事的职业,他就会表现出这种职业的精气神。如诗人有诗人的气质,作家有作家的气质,工程师有工程师的气质,教师有教师的气质,医生有医生的气质,领导有领导的气质。这一切都是自己的职业专注的表现而已。

其实这些职业专注通俗点说就是自己的食物。这不是简单的物质的食物,而是精神的食物。因为人除了基础的物质的食物之外,更多需要的是精神的涵养。物质的食物只是满足生存的需要,精神的食物决定一个人的生活状况。而生存只是一种本能,生活才是一门艺术。

如作家的气质是比较善于观察思考分析,科学家的思考比较严密,哲学家的逻辑推理比较严谨,艺术家比较典雅:这其实也是一定程度的职业病。所以莎士比亚说:"凡有所学,皆有所相。"这是典型的心灵对相貌的影响。

所以说,有心无相,相随心生。有相无心,相随心亡。

这是自己内在循环的影响,也是小环境对人的影响。而这种小环境的影响是决定性的。因为在大环境无法改变的情况下,我们的小环境就组成了大千世界。正是因为在不变的大环境下,无数的小环境,无数的小我构成了大千世界的丰富多彩。

所以从无形的精神方面分析,人更是环境的产物。我们所读过的书,都能转化为我们的营养,表现在我们的气质与言行举止上。所谓信手拈来的从容,乃是厚积薄发的积淀。心有诗书,岁月从不败美人。用书卷亲涵养才是高尚的举止。

知识会转化为内在的力量。而一个内在力量强大的人是自信而从容的,他做事是不慌乱、不纠结的。

你成为怎样的人,其实就是以往生活、以往学识的一个总结和反映而已。所谓我们现在的生活只是过去思想的一个综合。我们今天的学习决定今后的生活。我们今天努力明天就可能有幸福的生活。如果你不努力，明天你将生活在昨天里。

我们生活的环境是道。我们都生活在自己无法改变的大环境中。我们唯有改变小环境，唯读书之事是自己可以把握的，也是可以改变的。我们能做的只有不断学习，不断思考，不断充实自己，从而使自己的人生不断变得充实、美满、快乐。这是一种因果关系。因为读书可以安定我们的内心。内心安定了，就是与世界和合了。世界社会发展的大环境就是和。和是世界发展的普遍规律。一个人能够与世界处于和合的状态，就是合乎道地做事，而这又需要不断地学习思考。

一个学者说，我们每个人都是被劈为两部分的。人的一生，我们都在寻找另一部分，寻找物质与精神的最佳结合点。我们读书思考就是使自己的肉体与精神和合，就是为了产出一个更好的自己，活出一个完美的自我。

人最难认识的是自己

人最难认识的是自己。

为什么?

因为本性。人的本性是向外看的。所谓有力不能自举,有目不能自视。人虽然有眼睛可以看外面的世界,但是却看不清自己。这是造化弄人。所以我们人为了看清自己,使用了镜子,这样可以正衣冠,可以看见自己的容貌。

熟悉的地方没有风景。我们因为对自己太过熟悉,天天看,熟视不睹泰山之形,所以看不清自己的缺点。而一个人如果看不清自己的缺点,就不可能真正地认识自己,也就不可能了解自己,更不可能对自己做出正确的判断。因为熟悉,许多缺点、许多问题也就感到不是问题。再美的风景,如果熟悉了,也就感觉不到美了。再危险的地方,如果熟悉习惯了,也就不感到危险了。

因为熟悉,所以认不清自己。

因为感情。人的思想,人的行为,是对自己以往知识经验的一个综合的判断,是对世界的一个和合的综合。其实就是人的意志的表现。许多时候,即使不是正确的,因为感情,因为面子放不下,还会认为自己是对的。改过之事,知之易,行之难。这都是因为感情的因素。因为感情,所以不愿意改,感觉改了就是自己错了,错了就没面子。所以世界因情感复杂。在感情面前,人是很难正确地认识到自己的,得出的判断往往都是错误的。在感情面前,理智往往不起作用。

　　由于以上的原因，人很难正确地认识自己。因为不能正确认识自己，所以就难以对事物有一个正确的判断。难以对自己正确定位，往往是因为过高地认识自己。

　　一个人一旦过高地认识自己，他就会看低大众，就会看低世界，就会看不起别人。一个人一旦有这种思想，他就难以团结大众，和谐别人，最终难以长进。所以正确地认识自己，是和谐大众的起点，也是自己进步的基础。

　　因此正确认识自己，和合大众，就成为一门学问。

　　在读书中认识自己。一位哲学家说，从来没有人读书，只有人在书中读自己。确实如此，我们读书，其实是在书中找到另一个自己，发现另一个自己。

　　每本书都是一个世界，都是作者生活的一种体验。我们读者，就在这里找到共鸣，从而深化自己的思想。当我们在书中读到能引起自己共鸣的文字的时候，内心是快乐无比的，就好像认识到了一个新的自己。因为书本为我们打开了一个新的世界，打开一个看世界的窗口，打开一个认识世界的窗口，也打开了一面认识自己的镜子。

　　在静思中认识自己。人在动中是不能认识自己的。因为所有动的都是暂时的，脆弱的。一个人只有在安静的情况下，才能不断地进行反思。反思自己的思想行为，反思周围的行为，反思自己和周围的关系，反思自己以往的经历。在这安静的反思中，认识到自己的不足。

　　一个人如果不断地向外掠夺，他的欲望是无穷的。同样，如果一个人不断向内反思，力量也是无穷的。他会不断地认识自己的缺点，改正自己的缺点，从而使自己不断完美。所谓向外无穷向内也是无尽。在无穷无尽的反思中认识自己。所以孔子说吾日三省吾身。每日三次反省自己的行为，反省自己对朋友有没有尽心，反思自己的言行有没有过失等等。在安静的反思中不断地认识自己。

　　在困难中认识自己。我们在工作中，在生活中，都会碰到困难。矛盾是困难的一种。这种困难，有时候只要我们尽力而为，是能解决的。矛盾永远存在。只不过有时我们的力量大，它就显示不出来。解决问题靠力度，解决矛盾靠艺术。有时候在矛盾面前,显示着一种做事和做人的艺术。

　　每一个困难的出现,都是认识自己的一个机会。面对困难,面对矛盾。我们应该沉思:问题的症结在哪里? 根本的原因是什么? 为什么会形成这个问题? 解决的难点又在哪里? 这个问题中我有什么过失吗? 为什么别人能解决掉,我却解决不掉? 他们能解决掉这是偶然的吗? 我应该在这件事中吸取什么教训? 如果困难出现的时候,我们都这么去思考,那我们其实就是在进行对自己知识体系,周围环境的一次再认识。

　　人最难认识的是自己。

　　认识自己很难。

人的潜力是无尽的

　　小时候,夏季家里割稻,割好后又要在立秋前种下晚稻。这过程实在是很忙,就是所谓的双抢大忙。有时候,因为台风要来,我们必须在台风来临之前把稻收割完毕。

　　那个时候,我们一家人起得都比平时更早。中午也不休息,一个劲地干。最后总能在台风来临之前,把早稻收割完毕。有时候自己想想不可能的事情,竟然奇迹般地就实现了。

　　现在读书也一样。有时候读一本书,原计划三天完成,但是因为比较对胃口,就手不释卷。有时候走路在看,上厕所也拿着看,做饭的时候在想,吃饭的时候也在想。总之眼不在看心在看。厚厚的一本书,竟然一天之内就看完了,并且还在许多有疑惑的地方,做了笔记,查了资料。

　　想想这些事情,想象中完全做不到,竟然做到了。这是因为充分发挥了自己的潜能,而一个人的潜力如果发挥出来,将是无穷大的。

　　这是因为大脑是可以终生发育的器官。人身体的其他器官,到了一定的年龄就不再发育。如果再继续下去就是衰退。但是人的大脑不一样,是可以终生发育的。这也就是我们的大脑,为什么会越用越聪明。一个人如果不动大脑,时间久了,反而衰老得更快。而一个人,如果不断思考,不断总结,他的大脑就一直在发育。人的潜力是无穷的,只要愿意开发,愿意思考,不会因为运用了而枯竭。

　　只要愿意挤,时间总是有的。我们做事情,很多时候就是对时间的运用。一点一点可以积少成多聚散成大。如我们看书,看几行,可能有别的事情打扰了。事情做了以后，接下来看几页，可能又有人来打扰了。好不容易才把心收回来，可能又有什么事情了。这样几个回合下来早就没有了读书心。如果我们想挤时间读书，就会把手机调成静音状态。这样避免一切可能打扰自己的因素，专心致志地读。即使避免不了有人打扰，也能尽快地把心拉回来，使我们的潜能得到充分的发挥。

世界的形态是无穷的。世界这么大，但是还有个尽头。但是，世界的形态是千奇百怪，没有穷尽的。我们要学的东西太多太多，我们要知道的世界，要学习的知识是学不完的。这就给我们把握世界，提高潜力，提供了一种可能。因为世界的万花筒，无穷无尽的形态需要我们去把握去挖掘。

而每门学问我们深入下去，都是无穷无尽的。但是在这无穷无尽之中，所有的道理其实都是相通的。就好比，一棵树与一棵树之间，表面看，在不同的区域是毫不相干的。但是从地底下，它们根所在的地方看，它们的深处是相通的。又如一个人爬山，从不同的角度爬，会看到不同的世界。但是到了山顶，看到的就是同一个世界。所以每一门学问，如果我们做深了做透了，也能够把握世界。因此每一个行业的潜力都是无穷的。

只要愿意开发，人的潜力取之不尽用之不竭。因此如何开发人的潜力，我们需要思考。

需要有恒心。没有恒心，就是没有意志，什么事都难以成功。许多小孩，起初的时候这也感兴趣，那也感兴趣。但一学起来，一碰到困难，往往就退却了，就这也不学，那也不学了。其实就是没有恒心。

无论做什么事，只要我们一直坚持下去，总会有大大小小不同的收获。关键是我们一碰到困难就退却了就放弃了，永远也没有恒心。没有恒心，成不了大事。因为世之艰难险阻的风景，常在人迹罕至的地方。世上无难事，只怕有心人。有心人就是有恒心的人。

需要有勤劳的心。世事学问难，在乎点滴勤。只要我们勤劳，时间总是有的。别人睡懒觉的时间，别人闲聊的时间，都可以成为我们学习的时间，思考的时间，写作的时间。一勤天下无难事，一懒天下万事休。勤能补拙。

一个人如果勤劳，即使智商不是很高，他也能在勤奋的学习中，克服许多的缺点和自身的不足。所以我们常把勤劳看作一种美德。书山有路勤为径,学海无涯苦作舟。勤劳能发挥自己的潜力。

人的身体需要锻炼,思想也需要锻炼。所以我们越是勤劳,我们的才能、我们的潜力就越能得到发挥。所谓勤能补拙。

人需要专心。有恒心,也很勤劳,但是如果不专心,他的潜力也是很难发挥出来的。为什么?因为他学什么都是点到为止,皮毛之学。所有记取之学都不是学问。只有专心一意地经过自己的思考分析,从而不断地加以消化,才能转化为自己的营养,自己的学问,也才能不断地壮大自己。猴子掰玉米的故事,就是这个道理。我们学了就丢了,学一样丢一样,最后就会一事无成。因为无论做什么事情,只要我们深入下去,都会有困难。我们如果碰到困难就放弃,又去学别的,学别的又碰到困难,又放弃了,这样就很难有收获,自己的潜力就很难发挥。

我们只有一门学问深入下去,在这门学问的深入过程中,提高对其他学问的发现和化解能力。这才是做学问的一心之道,也叫作一门深入。

保持一颗读书的心

　　一个真正的读书人，做学问的人，应该时刻保持一颗读书的心。

　　唯有如此，才能使自己的心处于学习状态，才能够不断地接受新知识、新学问，最终成就自己。

　　读书无处不在。不仅要读一般意义上的书，还要读生活的书。我们可以从书本中获得知识、方法，获得解读世界的钥匙，但是如何去运用，还是要读生活的书。

　　只要我们认真思考分析，生活中我们随处可以学到知识，有些还是书本上学不到的。我们看花开花落，可以知道季节的轮回。生活是一本百读不厌的书。只要我们有心，只要我们认真思考，时刻注意，保持一颗读书的心，就会有意想不到的收获。

　　专注即创造。我们如果时刻专注一件事情，其实就是在创造一件事情。因为这里面有人的思维能力。我们的大脑参与了思维，不停地思考，就可创造一件事。因为每件事情都有很多不同的发展可能。而创新其实就是对原始材料的重新组合。

　　创新是无止境的。所以我们要时刻保持一颗读书的心。如果有了这样一颗心，我们对世界就会随时处于一种思考的状态，也就是时刻处于创新的状态。这是一种良好的精神状态。万事万物都离不开创新。创新是一个民族的灵魂。

　　生活中随处可以得到知识的验证。生活是一本书，我们过生活就是读书。周国平说："读书其实是对生活的注解。"只有在书本中学到的知识在生活中得到验证,这样的知识才能转化为我们自己的力量,变成强大内心的力量。知识不是力量,运用知识才是力量。在生活中找到注解,得到验证,然后又用于生活,这才是力量。

如学到南怀瑾,无事于心的时候,我就开始想:"我开始读书的时候,要尽可能地放下其他的一些事情,使自己处于无事无心的状态。"就是把心专注在知识点上,专注在感兴趣的问题上,这样自己的效率明显提高了。而以前学习,心中老是放不下牵挂的问题,所以处于于心有事的状态。之所以效率老是不高,就是因为无法专一其心。

一个人如果保持一颗时刻读书的心,他的内心就会处于安静的状态。他对世界,永远充满着好奇心,充满着欢喜心,充满着感恩心。这样的人也是力量无穷的人。

一、确立一个志向。

梁启超说:"为学需立志。"志向可以培养兴趣。而培养一项兴趣为支撑,可以激发人的潜能。一个有兴趣的人,即使条件环境最苦,困难最大,他也会千方百计去克服。如我认识一个摄影家,他对摄影是到了入迷的程度。有一次为了拍摄一朵花,他在夏天的大棚里一动不动地伏了一个多小时,大汗淋漓,一点也不感到累,不感到苦。

如果没有一项真正的兴趣,不仅延续不了多久,还会没有中心,没有中心人就容易散掉。因此,也维持不了很久。那样的读书也只能是消遣性的读书。一个真正有兴趣的读书人,即使眼没在读,他的心也是在读的。我们经常可以看到,车站里、广场上,总有人专心致志地读书,这其实就是兴趣。

二、坚持写一点感想。

书读懂了没有,懂到什么程度,其实可以通过感想表现出来。写感想,写文章其实是对读书的深化。读书要做到能入能出。能入就是要入脑入心,就是经过大脑的分析消化;能出就是用自己的语言表达出来。如果做不到这一点,其实还没真正读懂,还是没有走出来。而写感想是锻炼能力的好方法。

通过写感想,可以发现自己哪里没学懂,也可以培养自己的各个方面知识的综合剖析能力、综合运用能力、自我表达能力，还可以提高自己的阅读的兴趣。这是一个良性循环。读懂了写出好文章，得到社会的肯定，自己的兴趣就会倍增。因为人都需要从别人的肯定中得到鼓励。从而促使自己更加坚定地走自己的路，也就是培养更浓厚的兴趣。所以应该写点感想。如对读书的感想，对生活的感想，对人生的感想。在写感想中升华自己的人生。

三、争取一个阶段性的成果。

人很多时候其实需要胜利的鼓舞。没希望的不叫路。没希望就没有明天。一个人如果看不到希望，他的兴趣也会渐渐地衰减。如果有一个阶段性的成果，他就会从胜利中受到鼓舞，从而使自己的学习更加专注。从而时刻保持一颗学习的心、读书的心。

其实这也是为什么一些人夜以继日，读到废寝忘食的程度却不感到累。因为他们的精神在希望中得到了休息。希望是最好的动力。这种快乐是其他物质快乐难以比拟的。这是精神对物质的胜利。所以应该争取一个阶段性的成果，从成果中能看到希望，从而再次激发起兴趣。

我们应时刻保持一颗读书的心。

安 静 的 书 桌 在 哪 里

　　抗日战争时期,举国人心惶惶。有人说,整个中国找不到一张安静的书桌。

　　恰恰在那个时期,我们中国出了许多大学问家,梁漱溟、熊十林等等就是其中的代表。在日机的轰炸声中,梁漱溟静静地坐在院子里,思考哲学问题,思考中西学问的差异,终于成为一代学问大家。

　　其实只要你有一颗肯读书的心,只要有一颗做学问的心,安静的书桌就在你的心里。

　　今天这个和平的年代,面对各种各样的诱惑,如果内心不能安静,同样也找不到安静的书桌。因为诱惑太多了,意志稍不坚定,内心就不会安静,就做不了学问,就会整日忙于奔波而不知方向。

　　所以安静的书桌其实在自己的心里。

　　自己的心里不安静,那么看周围的一切都是动的,都是浮躁的,都在干扰自己。如果内心平静了,就是外面人声鼎沸,也可以保持一个相对安静的世界。因为安静的是内心而不是外界。所有的外界都是内心的一种反映。

　　纵观古今中外,每一个成就学问的,没一个不是内心安静的。因为如果一个人内心过分执着于名利,他的灵性就得不到发挥。而一个人要能够成就事业,发挥自我的灵性是十分重要的。

　　在当今这个浮躁的社会,人心浮躁,功利浮躁,我们更需要安静的书桌。

　　安静的书桌可以使我们不受外界的打扰。一个人如果受外界的琐事干扰太多的话,就不可能静下心来,安心地做自己的学问。一切学问皆自静中来。所以拥有一张安静的书桌,可以使我们尽量减少外界的干扰,做到专一其心。做学问,专心是基础。

安静的书桌可以使我们有序地工作。一个人工作只有有序,才能使自己的能量发挥到最大的程度,使自己的灵性得以充分的发挥。因为人的工作如果是乱的,他的思维也是乱的,他的生命状态也是乱的。而在混乱的生活状态中,不可能有高的效率。

安静的书桌可以使我们的能量得到充分发挥。心静则智生,智生则事成。静则生智,动则生昏。在安静的状态下,各种能量,各种信息,向自己的内心,向自己思考的问题聚集而来。而人的智慧,很多时候其实就是对信息的判断。所谓神通,就是对信息,对生活的常识所做的智慧的判断,也就是读书万卷可通神的道理。

所以拥有安静的书桌,其实就是拥有一种丰富的人生,是做学问的基础。

安静的书桌在哪里?

安静的书桌在自己的心里。心是容器,是一切的基础。内心不安静,世上就没有安静的书桌。心动世界动,心静世界静。内心是一面镜子。你的心怎么样,看到的世界就怎么样。你的心是黑暗的,看到的世界就是黑暗的,所有人都与你为敌;你的心是友好的,看到的世界也是美好的;你的心是安静的,看到的世界也是安静的。

一个人如果不在内心修篱打坝,那么世界上就永远没有安静的书桌。总有各种俗事,各种感情,各种困扰,在时刻干扰你的内心。

所以安静的书桌在自己的心里。一个人只有想办法安静自己的内心,那么在哪里都可以读书,都可以做学问,都可以成就自己的事业。

安静的书桌在执着的思考中。一个人,如果专注于某一事情,他眼中看到的也就是这一件事情。人都是选择性地看世界。以自己的主观去看待客观的世界。人一执着思考一个问题,他对外界的感受,就相对专注。如果内心有丰富的精神生活,对物质的生活的要求,对名利的追求就会大大降低。

当然这是学习的思考,是对精神生活的执着追求。如果对物质过于执着地追求,那么内心只会越追求越不安静。因为这个追求是无止境的,也是自己不能把控的。而所有的获得,最终都会走向失去。

所以安静的书桌,在执着的思考中。

安静的书桌在忘我的工作中。如果一个人达到忘我工作的境界,他的内心也是安静的,他对世界的感受就是安静的。只因为他的心在工作中,而不在比较中、争斗中、是非中、个人恩怨中。他的心在工作难题的破解中。破解难题,造福人民,内心是快乐的。能充分感受到快乐的内心是安静的。安静的内心看到的世界也是安静的。

所以最安静的书桌,在忘我的工作中。

成年人的世界里,只有内心安定了,才可能有安静的书桌。只有拥有安静的书桌才可能拥有安静而丰富的人生。

愿我们每个人都拥有安静的书桌。

书犹药也

　　"书犹药也，善读可以医愚。"这句话是西汉著名文学家刘向说的。

　　这句话言简意赅地说出了书的价值，读来令人久久回味。

　　庄子说，吾生也有涯，而知也无涯。人的生命是有限的，但知识是没有穷尽的。

　　人生就是一个不断学习的过程。通过学习，可以使自己从一无所知逐渐走向知事明理。

　　当我们刚刚来到这个世界的时候，对世界是一无所知的。通过学习，通过读书，我们明白了许多做人、做事的道理。

　　一个无知的人也可以说是一个愚昧的人。无知实在是很可怜的。因为无知，我们享受不到世界先进的知识科技，所以我们就享受不到生活的乐趣。而生活的意义，在于我们不断地发现其中的乐趣。乐趣就在于意义的发现。因为无知，我们永远发现不了生活的意义，所以永远感觉不到生活的热情。

　　书籍是人类智慧的结晶。书籍是人类智慧的长生果。千百年来，人类的智慧，通过书籍不断得以传递。而通过读书，我们可以直接吸取古人的知识，古人的经验，古人的智慧。这样，自己的功力就会大大提高。善于吸取古人的经验，能使自己的智慧不断增长；也就是医治自己的愚昧。人多一分知识就少一分愚昧。

　　书籍是人类进步的阶梯。人类的文明总是不断地向前发展。因为善于总结，人类也在不断的总结中前进。千百年来，总结的成果就是以书籍的形式得以传递。如我们没有经历原始社会的历史,但可以从历史书中翻看到他们的生活。这样就可以体会到他们当时的情景,他们的生活方式、生产力、生产关系等等一系列的问题。奴隶社会、封建社会也是如此。通过这一系列的了解,我们就可以分析出人类社会发展的一系列的规律。

当然,历史如此,文学科技、哲学都是如此的。因为有了书籍,人类的文明才不至于消失,才得以薪火相传。我们后人才可以在前人的基础上,不断学习成长。人类才能够不断地前进,不断地进步。而其中进步的过程中,书籍是不可或缺的阶梯。通过这个阶梯,人类不断地克服愚昧,走向文明。

有人说社会是一所学校,一个善于学习的人,他在社会中总能学到自己所需要的知识。因为知识丰富了,人也就变聪明了。人的许多本身的缺点也就得到了克服。人的成长过程其实也就是不断地克服自己缺点的过程。

有人说社会是一所医院,书就是药。人一旦克服了自己的许多缺点,就会不断地走向正面,走向阳光,走向成熟,走向智慧。所以社会其实就是一所医院,医治了人的各种缺点。而其中的书籍,就是我们的良药。因为书籍是人类精神的总结。

我们平时碰到问题,可以向书本学习,向智者学习,向以往的经验学习。其实这三种知识的学习,最根本的还是书本的学习。因为智者也是向书本学习,只不过比我们先行思考,先总结一步。书本本来就是以往经验的累积。所以三种学习根本上还是书本的学习。总体上说,还是离不开书本。所以有人说,书是随时在近旁的顾问。书是屹立在时间汪洋大海中的灯塔。因为这个顾问,因为这座灯塔,我们人类才能不断地由愚昧走向文明。

有一个智者说,人类所有的问题都可以在书本中找到答案。关键是我们要善于读书,如果不善于读书,食而不化,可能越读越迂。所以刘向说"善读可以医愚"。关键是善读,善于读书。

如何才是善读?这确实是一门学问。一个人如果善于读书,就会把知识转化为自己的营养,不断强壮自己的体魄,从而使自己不断变强。如果不善于读书,读书而不思考,这样读进去的书,不会转化为肌肉,还会变成自己的脂肪累积起来,不仅不会强大自己,还不利于自己的健康。

要有重点目标地读。当今社会信息很多，也是个信息爆炸、是非难辨的社会。我们在读书上要有一种有目标有选择的能力。那些励志类的，那些充满正能量，那些能启发人的智慧的书籍，我们应该好好地阅读。而对那些消遣类的，没有系统性的知识类，我们应该泛读、简单阅读，而不是重点阅读。

不动笔墨不读书。读书应该和做笔记同时进行。在读书的同时，要不断做笔记，记录下那些对自己的人生有启发，有感悟，能够心心相印的文字。同时，也要有自己的主见，书中为什么这么写？好在哪里？还有什么其他的表达方法吗？这种表达正确、完整吗？如果是我，我有什么不同的看法，不同的见解，不同的写法？也就是我们要写感想笔记。通过这感想笔记，把自己所学的知识升华，加深对主题的理解，拓宽自己的思路，才能真正地读懂一本书。

一个人读懂了一本书的时候，他就可以用书的知识来注解自己的生活，他的人生会因此变得丰富完美。所以古人说，六经注我，我注六经。一个人如果读懂了六经，六经的知识就可以注解自己的生活。

有一颗读书心。当一个人有了一颗读书心的时候，他可以在任何时间读书。眼不在读心在读。他可以抓住一切可以读书的时间。如开会的时候可以读，可以思考，等待的时间可以读，别人闲谈的时候也可以思考，可以读。总之，一个人如果有了一颗读书的心，他就会把一切应对的时间，都化为读书的时间。这样即使他工作很忙，日积月累，积少成多，读书的时间其实也是很多的。如果长此以往，就可以收获意想不到的效果。有许多人，平时看起来工作很忙，但是往往过一段时间，就会有意想不到的收获。就是因为他有一颗读书心，有一颗专注于读书的心。

书犹药也，愿社会多些这样的药。尤其是一些良药。这是社会蓬勃发展向上的需要，也是生活本身所需要的。

阁楼读书三乐

　　我的阁楼是我的书房，也是我的禅房，还是我的茶房。

　　阁楼不大，大约 20 平方米，摆设也极其简单，两架书，一张书桌，一把椅子，还有一张可以当床的沙发。但是这里却是我的安乐窝，我最喜欢待的地方，真的可以放下心的地方。所谓室雅何须大。这样的生活才是真正的回归本性的生活。

　　这个 20 平方米的小屋却有两个大窗，一个天窗。因此虽然是个阁楼，采光通风却极好。加上当时设计得很巧妙，居然丝毫没有一种局促之感。

　　这个阁楼就是我的书房，就是我读书的地方，就是我在家里待得最多的地方，就是我许多思路的出发点，也是我灵感的爆发点。在这里读书给了我无穷的乐趣。

　　一是安静之乐。一个人只有在安静的情况下才能体会到人生的快乐，才能够对人生有所思，静而后能虑，虑而后能得，得而后能成。

　　当一个人安静下来的时候，他就能听到自己心跳的声音，他就能体会到花开的美妙，他的人生灵性智慧就能得到无穷的开发。一个人如果智慧开发了，他内心就会做到"心无挂碍"。而无挂碍就会，无有恐怖。所以他的人生是会得大自在的。他的人生是没有烦恼的。

　　当一个人安静下来的时候，整个世界就是他的了。

　　有时候坐到书房里，把门一关，我就是整个世界，整个世界就是我。这个时候坐下来看书，可以没有丝毫的打扰。虽然地处闹市，但是心得安静。所以闭门即是深山。

其实在这个世界上没有绝对的安静。真正的安静的书房只有在自己的内心。如果内心不安静,即使躲在深山老林里,看到的树木还是如同人影,还是静不下来。如果内心安静了,即使身在闹市,也能够在内心修篱筑笆,过上安静的生活。陶渊明说"问君何能尔,心远地自偏"。"心远"二字用得美妙极了。所以杨绛先生说"大隐隐于市""万人如海一声藏"。当然这需要不断的修炼。

走进阁楼我就会充分享受这份宁静,这份内心的丰富与安详。

二是思考之乐。这是我的书房。书其实不多,只有两架,1000 本不到;笔记倒有厚厚的 10 多本。这些读书笔记其实是读书的精华。每当遇到有所共鸣,有所启发的文字,我都要记录下来。平时读的更多的是这些笔记。

书架上的书是流动的。新的书来了,喜欢的书来了。旧的书,看过了的,做了笔记的书自然就淘汰下来。新买的,新借的,没有读的马上占据了重要的位置。

每一个人的书架里都有自己的秩序与爱好。现在我的书架上基本是国学类、传统文化类、佛学类图书。现代社会,个人藏书真的没有必要太多。资料性的书籍,我们随时可以查的地方很多。我们要的其实是灵感性的阅读。所以我读的最多的其实还是自己的阅读笔记。只有阅读笔记,才能不断地启发我的灵感。一遍遍地阅读,使自己的灵感不断得到开发。

在一定程度上说,阅读就是重复。在重复中不断思考,从而使知识不断地得以贯通。所谓"数读以顺之,数思以通之"。思考多了,知识融会贯通了,人的境界自然提高,眼界自然开阔。

每天早上一大早起来,到书房里读书,读学习笔记,思考读书笔记。有时候一目十行,可以浏览得很快。有时候,几个小时读不完一页。因为碰到某一句话,就会不断地思考。自己的思维得到很大的扩散。思维一旦发散开来,漫无边际。这样的思考就使自己的思维广度变得更辽阔。当然也可以层层推进地思考,使某个问题不断深入,使自己的思维深度不断加深。

所以有时候读书一个早上根本读不了几页。有时很早起来,一坐几个小时,直到去为读书的女儿做早饭,看看笔记本,还是在原来那一页,只是感觉内心很是充实,思维很是活跃。这是训练自己的思维。训练自己对问题的发现和化解能力。

有时自己精力不够充沛,在书房一坐,一思考,在迷糊中竟然睡着了。当醒过来时感觉特别的清醒。所以我很喜欢到书房里去坐一下,去享受内心的法喜之乐。这种快乐是对知识获取的快乐,是有一定的持久性的快乐。

三是悠闲之乐。在这个不大的书房里,我可以读书,可以喝茶,可以思考,可以睡觉,可以冥想,可以推门到阳台上摆弄花花草草,给它们浇些水。这些可以有效地缓解读书的疲劳。真的可以做到一个人,一本书,一杯茶,一间屋一整天的悠闲自在生活。在这种状态下,人的思想是自由的,灵魂也是自由的。

而人只有在悠闲轻松的状态下,才能使自己的潜力、自己的才能得到最为有效的发挥。如果人的精神高度紧张,就会使自己原有的才能得不到发挥。因为他思考的灵敏度会降低,如同一个人挑担子在奔跑。因此所有的创造都是在放松的情况下进行的。

我的阁楼,是我的精神生活所在,也是我的快乐所在。

重读经典好处多

　　不管时光怎样流逝，那些经典的作品，我们不论何时读起来，总是意味深远，总能给人以新的启迪和人生的智慧。

　　可以说，经典的作品是愈读愈新的，每次读都有新的收获。

　　一些在求学时读过的作品，如《史记》《论语》《道德经》等等，现在读起来，每次都有不同的收获。

　　这是因为，经典虽然没有变，但是我们的经历变了，看问题的角度变了，所以读起来有不同的感受，不同的人生启发。

　　经典具有永恒的价值。

　　经典是具有典范性的、经久不衰的万世之作，是经过历史选择出来的，最有价值的，最能体现本行业精髓的作品。

　　无论社会怎样发展变化，人性并没有多大的变化，只不过表现形式不同而已。所以故事都是新的，道理却都是旧的，正所谓太阳底下无新事。经典往往表达的就是这种人性。

　　今天我们读经典，就是为了在有一定的人生阅历之后，从中去感悟，去启发，去获取生命的智慧。

　　专心就是创造。我们读书，随着年龄、阅历的不同而有不同的收获。少年读书，如隙中窥月，看到的世界是不全面的；中年读书，如庭中望月，虽然视野较少年时开阔，但仍有阻挡；老年读书，如台上玩月，站得高，看得远，看到的是比较全面的世界。为什么不同的年龄有不同的读书收获？就是因为年龄不同，阅历不同，底蕴不同。

　　每个阶段的读书目的是不同的。在我们今天这个阶段,我们读书主要是为了契合己身,是改变自己的知识结构和气质。如论语的吾日三省吾身。我们以前读书的时候,只知道是每日三次反省自己,反省自己有没有做错事情,如果做错了,要及时改正,这有利于人格的提升。

　　但是现在读起来,要结合自己的行为,有时候会对自己的行为来个大反思。或者给这句话来个大总结,来个思考。因为曾参的三省指的是:替别人办事是否尽力? 与朋友交往有没有不诚实的地方? 先生教的学问是否学好? 如果发现做得不妥就立即改正。

　　现在我们阅读这句话。不仅仅在读,而且会思考,我做到了吗? 我是浮于表面的理解,还是实际去执行的呢? 做到了才是真正懂了这句话。理解了却做不到,不是真正的懂。

　　如果再进一步思考,其实我们生活还需要反思的地方是很多的。做一件事情,我是出于私心,还是出于公心。如果是出于私心而做,就是一种恶。我们要及时地改正。例如我们对别人的态度有没有不耐烦? 对父母有没有怨气? 等等等等,都是我们应该反省的地方。

　　在一件事情上,我们如果用了心思,又在专注地做,就是一种创造创新。创新是无止境的。

　　经典值得重新阅读就是这么一回事。

　　如何阅读,又是一回事。

　　选好经典。如对论语的注解,有很多的。对道德经的注解更多了。对圣经的注解也是如此。我们应选择一套比较契合自己的版本加以阅读。

　　对于众多经典的解释,我们应有自己的识别能力。对于读了能启发自己内心智慧的,能够心心相印的,能拓展我们思维的,我们要认真加以阅读。

　　要一以贯之地读。经典历经千百年来盛传于世,可以说是经过历史的大风大浪,吹尽黄沙始到金。需要我们静下心来,一以贯之地读。

　　对于这些经典,我们读的过程,其实也是思考的过程。只有一以贯之地读一本书,才能真正读懂作者的所思所想,才能读出作者完整的思想,也就是经典以外的思想,这也是对自己思维的拓展。

　　真正读一本经典，如果我们天天读，读上三年，我们的思想就会不断丰富。

　　有运用地读。一些经典，只读不用，就好比没有土壤的生长，不会在我们内心生根发芽。人是自然的一部分，走进自然，走进社会，那我们所学的经典就会得到运用。这样我们的思想才能不断丰富，我们的人生也才能臻于完美。因为只有在运用中，思想才能不断地生根。如孔子说的益者三友，同正直的人交朋友，同诚信的人交朋友，同见闻广博的人交朋友。这些经典语句，我们的生活中一旦运用起来，自身就会有力量。

　　知识只有运用才是力量。经典亦如此。

　　人到中年，重读一些经典，是一件有趣的有意义的人生乐事。

所有的经历都是修炼

一般人做事，如果是顺境，就会非常高兴；如果遇到逆境，就会不开心。因为在逆境中奋斗是很困难，很痛苦的。

但是一个聪明、有智慧的人，遇到快乐的事，不会特别高兴；遇到伤心的事，也不会特别难过。他认为一切都是有原因的，一切都在转化，如果沉溺于顺境，顺境就变成了逆境；如果能从坏事中吸取教训，以后加以改正，坏事就成了好事。老子说，祸福相倚，好事坏事、顺境逆境是相互转化的。好事中包含着坏事，坏事中也包含着好事。如果我们用全局的眼光看问题，就不会因为一时之得失而高兴与伤心。

人生是一场修行。修行就是不断克服自己的缺点的过程。如果看不到自己的缺点，如何去克服？如何去改正？一个人如果看不到自己的缺点，是很可怕的。修行本就要在逆境中修。没有真苦行，就没有真修行。一个人如果时时处于顺境之中，事事顺心，言言合意，这是把自己埋在鸩毒之中而不知。顺境成全自己的事业。逆境是从另外一个方面成就自己的事业。关键是自己的内心如何去看待。

所以顺境是修炼，逆境也是修炼。所有的经历都是修炼，都是从一个方面成就自己，都是对自己的一个考验，都是来成全自己的人生。我们应该有一颗修炼的心。生活中无处不是修炼地。

一个人如果有了这样的心态，那么世事对于他而言，是没有好事与坏事之分的，他的心情也不会随事态变化而高低起伏。他的人生看似平淡，其实是非常丰富的。他看事物，都是比较全面、比较理智的态度。我们平常人看世界时,我们的精气神都是被外界所吸引的。如我们看到美丽的花,然后就称赞不已。在口口的称赞中自己的能量被消耗掉了。所以自己的精气神其实是被外界吸引去的。而一个得道的人,他看花不是这样的。他看到花开了,想到是因为开花的因缘具足了,因为具备了花开的各种条件。他看到的是即将凋零的花,明年即将开放的花,他看到我们眼睛看不到的世界。许多事情,我们用眼睛看只能看到表面,并且是在消耗自己的能量。但是我们如果用眼光看,则能看得更远,这在很大程度上是在聚集自己的能量。

看花如此。其实我们看世界万事万物都是如此。

能如此看事情需要一颗认真做事的心。

一个人只有认真做事了,才能对事情各个方面的情况了如指掌。否则,如果永远是处于一种应付状态,那么他永远是急功近利的,是看不到全貌的。他看到的永远只是眼前的利益,高兴的永远是顺境的事。如果是逆境,他虽然也会想办法去克服,但是不会想到这是在壮大自己。他会用各种投机取巧的办法去逃避或者推托,而不会认认真真地从根本上去克服,去强大自己。

一颗能转境的心。平常的人往往都是自己的心被境所转。看到高兴的事,风光的事,就高兴万分。看到不如意的事,就萎靡不振。这是心被境转。这是常人。当我们内心强大到一定程度的时候。我们因为能看得更远,更高,看到表面背后的实质,所以我们能做到不为得喜,不为失悲。万物的来和去,得和失都有其原因。他总能看到背后的实质,能够开发自己灵性的东西。而一个人只有自己的灵性得到充分的发挥,才能真正强大。因为输赢是一时的,竞争是一世的。

一颗善于总结的心。人类的历史是一部不断总结,不断创新的历史。人只有善于总结,才能不断地使自己走向成熟,也才能在此基础上实现不断创新。总结可以使我们省却很多摸索的道路。一位哲学家说:我们人类的历史是前人以自己的脑浆为燃料而照亮世界的。这是很有道理的。人类的历史就是不断总结中前进的历史。

个人也是如此。没有总结的人生是没有力量的。其实总结的过程就是修炼的过程。在总结中我们看到不足，然后加以改正，就是使自己不断地提高，就是使自己不断走向光明面。看到不足也是一种开悟。如果没有总结，我们就看不到这种错误，就会一错再错。不会总结的人，是不会成功的。所以我们年终时总有总结大会，个人要写自己的总结，我想，其用意正在于此。

　　所有的经历都是一场修炼。我们只有历事炼心，才能使自己走向完美，走向成熟，走向强大。

每个困难都是一个机会

　　女儿小时候刚学会走路时，碰到稍微高一点的石阶，就产生畏难情绪想放弃。这个时候，我都鼓励她努力跨过去。起初她不敢，后来一点点尝试，终于自己跨过去了。

　　跨过去了她就很高兴。女儿高兴，我们也高兴。

　　第一次跨过去了，慢慢也就适应了。也就不断地跨越更高的台阶。

　　正是在跨过一个个台阶的过程中，女儿成长了。

　　2008年，女儿上学了。她学习上碰到困难，想要我帮她，我都要她自己想办法解决。

　　因为只有在自己想办法解决的过程中，才能找到困难的原因，才能发现自己知识的不足。只有发现自己的不足，才能促使自己成长。因此这个困难，也是一次自己成长的机会。

　　在一次次的克服困难中，女儿的思想不断地走向成熟。

　　其实每个困难都是促使自己成长的一个机会。

　　解决困难是对知识的升华。每一样知识都是由浅入深的，起初比较容易。慢慢走向深入，就难以理解了，就出现了困难。这其实是全面掌握知识的一个必要的阶段，是原本知识的一个升华过程。如女儿学走路，不可能永远走在平坦的大路上，总有坎坎坷坷的路。只有克服了，过了这些坎坷，才是前进，才是成长，这是成长的必须。

　　因此克服困难，是成长所必须的。

　　困难是问题的症结。每个人，每个单位，每个团体都有困难的时期。当出现困难的时候，可能就是各种问题爆发之时。而一些问题在爆发之前都是隐藏着的，我们都是不容易看见的，别人看到的都是表象。因此也是难以解决的。只有爆发出来了，才能使一些长期积累的问题，得以彻底的解决。因为解决问题一定程度上就是在克服困难。

而每个单位都有自己不同的问题。解决了这些问题，才能使机制更加顺畅，效率更加提高，因此也是一个健全自己的机会。

困难是成长所需。一个水手如果一直在风平浪静的大海中航行，不可能成为优秀的水手。只有面对大风大浪，在与滔天巨浪的搏斗中才能成为真正优秀的水手。

一个人如果没有经过困难，就如同温室里的花苗，不可能成为参天大树。

人的成长总有许多的困难。只有克服困难，才能锻炼自己的体魄，坚强自己的意志，开发自己的潜能，才能使自己不断地成长。克服困难就是一次锻炼。

因此，每个困难都是一个机会，都是一次促使自己成长的机会。

克服困难总是要付出艰苦努力的。没有经过努力的成功也不是真正意义上的成功。没有经过困难的成功，也不是完美的成功。甘地说没有奋斗的财富是可怕的。

因此面对困难，克服困难，是一个人成长所必须的。

积极面对困难。当困难出现的时候，我们可以选择逃避。但逃避最终不能解决问题，只能使自己走向更加的懦弱。只有积极面对，以乐观的心态去看待，才能最终克服问题，才能使自己在克服困难中成长。

因为克服困难的过程，就是自己成长的过程。如我们学走路学说话，都是如此。以积极乐观的心态面对，困难不一定能够得到完美的解决。但是如果以消极逃避的心态去等待，问题就一定不能得到解决。因为心态决定我们的状态。而一个人生活的状态是很要紧的。

冷静地面对困难。当困难出现的时候，我们应冷静地分析出现的原因。为什么会出现这个困难。是主观原因还是客观原因造成的。是必然现象还

　　是偶然现象。只有以冷静的态度去对待，我们才能找到真正的原因。而找到了原因，就能对症下药，就能使困难得以解决。

　　因为人在急忙错乱的时候，是难以理智分析问题的，因此看不到问题的名片。从而看不到这问题的真正原因，最后不利于困难的解决。

　　努力寻找解决的办法。分析了原因，就能找到解决的思路和办法。接下来就是努力去弥补那些未具备的因缘。做一件事情，如果各方面因缘都具足了，问题也就不成为问题了，困难也会迎刃而解。如果问题在于自己个人，就马上加以克服。如果是制度性的问题，就重新加以完善，明确各方的职责。分工明确了，责任明确了，各方面动力也就来了。

　　每个困难都是自己成长的机会。面对困难，我们应该沉着应对，积极寻找解决之道，而不是一味怨天尤人。怨天尤人，不利于困难的解决。

　　每一个困难都是一个机会。是发现问题的机会，也是自我成长的机会。因此不要拒绝困难，不要害怕困难。

过有规律的生活

　　到县志办上班一个星期后,我就形成了自己的生活规律。大的生活规律,包括读书做笔记,写文章。从时间上看,就是早晨读笔记;上午看文化类的书,从网上查找文化类的内容,做笔记;下午写文章;晚上看书总结;睡前静坐。

　　2013年6月份,到市同创办以后,因为白天工作的无序,晚上还要加班到深夜,生活节奏发生很大的改变。但是有两点一直保持了下来,一是一大早起来读书,并集中时间做笔记。二是每天晚上睡前静坐二十分钟。

　　在市同创办挂职的后期,我又形成了新的生活规律——相对有序地读书做笔记。不过生活的感想,不是每天写。

　　当然在这期间,周末有周末的生活规律。

　　2015年6月份回天台后,又形成了新的生活规律。早晨读笔记,上午写感悟,下午读书,晚上总结感悟自己的一天生活,确定构思第二天要写的内容。这样人生倒也感觉非常充实。

　　2015年9月份,我又被抽调到天台县创卫办,因此又形成了新的生活规律。起初很忙,很无序,就中止了每天写文章的习惯,但是早上读书晚上打坐的习惯一直没放弃。

　　在天台县创卫办的后期,我又形成了自己新的规律。基本上是以前在县志办的节奏。

　　我认为有规律的生活可以提高自己的生命状态,也就是生活的质量,也就是幸福度。所以只要有一段时间,我就会形成新的生活规律、新的节奏。

如在党校培训一个星期,我就能给自己内心安排这个星期的生活节奏,过上有规律的生活。

有规律的生活,其实是生命本能的需求。自然万物都有自己的规律,如春夏秋冬,万物的生住异灭。表面看起来万物的兴衰似乎没有规律,但是其实都有自己的时间。如春天花开,秋天果熟,如秋收冬藏,都是有其规律的。

人作为自然界的一部分,其实也应适应这种生活规律。只是现实生活中,人们太过忙碌,忽略了这种本能的需求。

有规律的生活,可以提高做事的效率。一个人的生活如果有规律,就可以变得有秩序。至少在他的心中,即使再忙再乱,都有自己的打算与安排,都把事情的轻重缓急分得井井有条。而一些事情,因为有序而从容。因为事先知道,就是表面没有去做,心也可能在做,潜意识在思考。这其实是在很好地利用时间,也是在提高效率。

有规律的生活可以利用零碎的时间。这些零碎的时间最宝贵,但最容易被忽视。如果有了规律,就可以加强利用,提高效率。

有规律的生活,可以提高对细节的关注度。平时如果一忙,可能就会失去对细节的关注。许多时候往往因为细节决定事情的成败。过有规律的生活,内心就不会慌张,就不会忘记细节。而一个人做事,如果既能把握大局,又能抓住细节,事情就会成功。

高节奏的今天,如何过有规律的生活?

一是寻找生活的乐趣。有了乐趣就会不知疲倦。就会在忙碌的,高节奏的生活中安放自己的内心。就不会在忙而无序的工作中,失去对生活的乐趣。同时这种乐趣又会增加自己工作的热情。

这种良性的循环,使人工作无论多忙,多乱,多烦,都会沉着应对。因为有生活的乐趣在支撑着,令人感受着人生的美好。一个人如果生活有了乐趣,就会以乐趣为支点,安排好自己的生活,过上规律有序的生活。

二是合理安排好时间。合理安排好时间,就会提高工作效率,就会分清轻重缓急,这等于是节约时间。

一个人如果对时间没有合理的安排,事情一多就会忙乱。有了合理的

安排,才会身忙心不乱。忙中有序干工作,这样才会心有定力,这样自己的
能量才会发挥出来,人的潜能也会得到无尽的发挥。

　　只要安排合理,时间总是有的。

　　三是适时调整自己的节奏。事情千变万化,但是只要总的乐趣在,生活
热情就在。要会调整自己的状态。如在县志办时,我都有中午睡午觉的习
惯。而到了市同创办后,有时没有午休的时间。我就在车上,在别人闲聊的
时候冥想休息。这样其实是把中午午休的时间补了回来。几次冥想,等于
把中午集中午休的时间分散了,这是调整节奏,但状态没改变,依然是很好
的习惯状态。

　　《旧约·箴言》说,过于忙碌的人会失去方向。

　　过有规律的生活可以提高效率,可以提升生命的状态。

　　愿我们都能过上有规律的生活。

认真做好一件事

人离不开做事。

其实，一个人一生如果能认真做好一件事情，把某件事做完美，做到无人能匹敌，就已经不错了。

因为要认真做好一件事情，是很辛苦的。需要付出很多的努力，克服很多的困难，甚至要花毕生的精力。

认真做好自己确定的事情，可能我们的人生不会怎么样。但当你把一件事情做到极致的时候，这个过程就不一样了。至少兴趣、生命状态是不一样的，也就是幸福感是不一样的。

因为在这个努力的奋斗过程中，自己各个方面的兴趣爱好得到发挥。自己的生活就会相对感到充实。人的精神状态也就会变得不一样。

可以培养吃苦精神。无论何事，无论什么工作，要做得与众不同，都是需要付出艰苦努力的。没有成功是无缘无故来的。要想与众不同，唯有艰苦努力。古语说："宝剑锋从磨砺出，梅花香自苦寒来。"一个人有几分磨炼，就有几分收获。

可以确立自己的专长。认真做好一件事情，就会考虑如何发挥自身的专长，去克服碰到的困难。做任何事，应付容易，做好就难。因为做到一定程度的时候，各种困难就会出现。克服这种困难的过程，就是提高自己的能力和专长的过程。而人一旦有了一项专长，等于为自己找到了一座金矿。

可以提高知识的发现能力。做学问都是一门深入。在此基础上，做精了一门学问，就会提高对其他知识的发现能力和化解能力。因为知识在深处都是相通的。在精的基础上去求博，就会使自己的知识学问不断丰富。

相反，如果不是一门深入，那是杂乱无序，不会有大的成果。古今大凡有学问者，都是如此学习的。从做好一件事情开始，精通一门学问开始，不断丰富自己的知识，走向广博。做学问，精是博的前提。如果不是从一门学问进去，而去求博，那就没有一个核心。没有核心，人的心容易散掉。散掉的心没有力量。

如何确定一生要认真做好的事情，关乎一个人的业余时间，兴趣爱好，事业成就，甚至幸福生活。

因为人是由时间组成的。如何生活就是如何度过时间。因为度过时间的方式不同，所以组成了人与人不同的生活方式。

确定自己要做的目标很重要。这是一个方向和前提。这个目标可以起到举旗定向的作用。

从兴趣中确定目标。兴趣是最好的老师。有了兴趣，可以把痛苦化为快乐。没时间可以挤出点时间来学习。兴趣使人不知疲倦，夜以继日，废寝忘食，不知老之将至。

因为兴趣使自己的精力集中于此，所以如果在自己的兴趣中，确定自己要做好的事情，是水到渠成、顺其自然的事。如一个人，从小在画画方面有兴趣，长大后再加以发挥，经过自己的不断努力，可以成为画家。

许多人都是在努力中不断使自己走向成功的。他们最初确定的目标就是从自己的兴趣中培养出来的，就是做好自己感兴趣的事情，使自己的兴趣不断与生活结合。

专注于目标。定下目标以后，要专注于目标。只有专注才能专一其心，才能使自己无论处于何种状况，无论多么忙碌，都使自己的心，自己的潜意识，专注于这个目标。这就使自己在这方面的知识点特别敏感。一有对应的知识文化，就会在内心引起反响。

一个人如果专注于写作，就是在没有条件的情况下，也可以做到"手不在写心在写"。可以利用一切可以利用的时间，去寻心得，去构思，去打腹稿。同样，如果自己的兴趣是画画，也会做到"手不在画心在画"。

只有专注才能做好事。

在创造中成就目标。我们一旦专注于某件事，就会有思想的加入。但凡有思想的加入，就是一种创造。创造不是凭空捏造，而是原有材料的重新组合。

当我们专注于某事时，就会调动各方面的知识点、信息点。而每个人的知识点、信息、学问都是不同的。所以专注就是创造，工作的过程也是创造的过程。

认真做好一件事情，可以成就一个人。

因为你认认真真去做了，你的兴趣爱好，你的作息时间，你的知识宽度，你的学问深度，你的为人处事的方式，都会在这其中得到改变。所以你的人生就会变得不一样。只不过这个不一样是慢慢的，是潜移默化的，不是立竿见影的。

美容从心开始

美是人对世界的解读。

美有多种，有自然之美，有粉饰之美，有内在的美，有外在的美。

对美的追求是人类不懈的目标。

于是，各类美容机构也应运而生。

其实真正的美容应该是从心开始。这种内发的美具有无穷的魅力，也是有生命力的美容，是让人感到耀眼但是不刺目的美。是一种大美。

这是一种完整的美。由于世界的多样性，我们看世界都是有局限的。我们看到的美，也没有一种标准的答案。人人都在追求美。但是美却没有统一的标准。有时我们看到的美，在别人眼里或许是一种丑。因为我们看世界都是盲人摸象，都只是看到其中一个部分。从一个部分看去或许是美的，但是从另一个角度看，或许就是丑的。这些皆因角度与时间之不同。

但是不管何种类型的美，只要是美的，都是入心的。所以只有从心开始的美，才是能够完整的美。我们人与人在一起，如果不谈心，即使交往很长时间，感情也很难深入。只有入心，走入对方的内心，这样的交往才是真正地了解对方，也才能发现对方的美。

这是一种恒久的美。美一定要落实到具体的事物上。而事物都是常变的，所以美其实也是常变的。有人以奇为美，有人以胖为美，有人以瘦为美。同一件事物或许今天是美的，明天就不美了。这些都只因为美是常变之故。如今天花开得很美丽。但明天花谢了，就感觉不到美了。但是我们如果从心开始，我们可以透过花谢了，看到果实的丰收，看到生命的历程。这同样也是一种壮美。

　　同理，我们人的美容如果执着于外物，就不会持久。因为外物是多变的。我们人是时刻在变化的。再美的少女也有老去的时候。我们只有从心开始才能看到一种生命的延续，无私的美也是一种大美。如果我们这样看世界，就会从自己的内心散发出一种真善美。别人也会因为这种大美而钦佩你。

　　这是一种内在的美。从心开始，就会从内心强大自己，也就会自觉地抛弃庸俗，走向崇高，就会走向书本，远离低级趣味的生活。而其中从内透出的书卷气，是有骨的美，是历经千年而不衰的美。这种美在骨不在皮。她由内而外所透出的是智慧，是真实，是善良。而外在的美是外加的美，可能一阵风吹掉了胭脂就不美了。而内在的美，即使大风大浪，也吹不掉其有骨的美。

　　美容从心开始。如何去从心里完美自己？

　　一是多做善事。做一件好事心中坦然。坦然的心里是自然的美丽。做一件歹事，心里总是不安的。这是人内心本性使然。也就是孔子说的君子坦荡荡，小人长戚戚。君子因为无愧于心，所以总是坦荡荡的。而小人因为事情都是不可告人的，所以总是躲躲闪闪。凡是恶的东西都是怕见光的。这是一条规律。

　　所以多做善事，就可以从内心提升自己的阳气，因为善能生阳。阳气充足的人，就是快乐的人。做善事能从内心快乐自己。这样的人永远是美丽的。

　　二是提升智慧。一个有智慧的人，永远是美丽的人。因为一个智慧的人，他的内心是找到事物的规律，顺其道而行之。他做事是从容淡定的，不慌不忙的，但又总能把事情做好。

　　一个从容淡定，无论在什么环境下都不发牢骚，永远不疾不徐的人，在他的眼里，世界是很美好的，工作是因为爱。即使事后有不同的见解，也是润物无声的反抗。这样的人没有人会不喜欢他的。这也是一种大美。

　　如何提升智慧。唯有多多读书。读书的人不管从姿态看，还是从书本看，还是从做笔记方式看，都是美丽的。而经过消化吸收，表达出来运用、出来的智慧，更是跨越时代的美，咀嚼不烂的美。

三是善待身边人。如果做不了许多好事，又提升不了智慧，就从善待周边人做起吧。学问不是去改变别人，而是去改变自己。一个人即使很有知识，但是如果改变不了和周围人的关系，甚至改变不了和家人的关系，也不能算是有学问的人。"堂前双亲你不孝，远拜庙堂有何用。"一个人只有和周边的人处于一种和谐的状态才是美丽的。从小我渐至大我，这也是从心开始的。一个和周围关系恶劣的人，即使住在美容院，也是不可能美丽的。

美容从心开始。

喜欢自己

喜欢自己是既认识到自己的长处，又看到自己的不足之后的一种人生态度，是一种积极的、乐观的、智慧的人生态度。

因为人只有喜欢自己，才能与自然界，与别人和谐相处。很难想象，一个人如果连自己都不喜欢，他会与别人相处得好。这样的人，不是自怨自艾，就是自暴自弃。结果就是一种消极的人生态度。

消极的人生态度就是缺乏自信。一个缺乏自信心的人，什么事都干不好。

人只有喜欢自己才能喜欢他人。如果不喜欢自己，对自己不负责任，那么也不可能对他人负责任。一个连自己都不爱的人，不会爱别人。爱家人，爱别人从爱自己开始。简单的道理，爱自己，不麻烦别人，就是爱别人。

一个人只有喜欢自己，他的内心才会处于安静的状态，才能与自然界处于一种友好的状态。他考虑问题时才会内心圆满，才会顾及他人，充分考虑他人的感受，才会考虑到事情的方方面面，才能受到周围的欢迎，也才能显示出一个人的魅力。

一个人的力量由权力、思想和魅力三部分组成。魅力的力量是无形的，也是其他力量所无法比拟的，可以达到其他方面达不到的效果。一个人对别人影响最多的是魅力的力量。

喜欢自己是向社会传播正能量。人的情绪是会感染的。一个团体，一个单位都如此。本来一次高兴的团队活动，一个人的坏情绪往往会使大家的情绪都有所触动，而高兴不起来，进而累及整个团队的心态，影响团队的情绪。这是传播负能量。

而一个喜欢自己的人，处处散发出一种自信的、乐观的、大度的人生态度。因为这样的人，从内心散发出的欢喜，会自然而然地流露出来。这样的人，在团队里，传播的是正能量，周围的人也会被感染的。因此喜欢自己也是给别人带来欢乐。

相反，一个人如果整日愁眉不展、唉声叹气、抱怨不断，不但感染环境，还于事情无益。因为一个抱怨不断的人，一个愁眉不展的人，实际上是在抱怨中使自己失去了进取的时机。这在别人看来是无能的，是不负责任的，是悲观的人生态度。

而抱怨是心灵的癌症，是会扩散的。一个人如果习惯于抱怨，在这种习惯中会使自己沉沦，会使自己走向失败。

因此，喜欢自己是一种成熟的人生态度，是一种乐观的态度，更是一种智慧的态度。

喜欢自己也会给自己带来好人缘。好机会也会使自己的人生走向圆满。

喜欢自己如同一缕阳光。阳光会吸引阳光。因此欢喜会带来欢喜。

喜欢自己是成熟人生的一个方面。一个人整日唉声叹气是难以成就事业的。

喜欢自己要正确认识自己。欢喜不是盲目的自信。既要看到自己的长处，又要看到不足。只有对人生有全面的认识才能有处事不惊的态度。要认识到人都是有局限性的，都是既有长处，又有短处，既有优点，又有缺点的。优点缺点有时是相互转化的。我们要做的是尽可能地发挥优点，克服缺点。唯有如此，方是进步。

而一个人如果只看到优点，就会盲目自信，这不是乐观。因为盲目自信不利于事情的解决。而喜欢自己，就有利于全面地，客观地认识自己，也有利于全面地把握世界。

一个人不能正确认识自己，就不能真正喜欢自己。

喜欢自己要有足够的学识，要有对世界的认识和把握能力。一个人只有有足够的智慧,才能认识到万事皆有因缘。有时,事情不成功,不是努力不够,也不是能力不够,而是因缘未成熟,是时机未到。况且人生的成功也没有统一的标准,不是只有一个标准答案。因此,在遇到困难和挫折时要学会豁然开朗,内心从容淡定。

当然我们认识世界的能力来自自己的学识,来自知识的积累。没有足够的知识,就没有如此成熟的人生态度。

喜欢自己从生活的点点滴滴开始。生活中任何一个点滴,只要我们去思考发现其中都会包含着无穷的内涵。一个欢喜自己的人,总是能从中发现自己的乐趣,发现可感恩的地方,发现欢喜点。从而增加乐趣,享受乐趣。

喜欢自己能使人生走向成熟与智慧。

要学会喜欢自己。

喜欢自己就是喜欢人生,就是热爱生活,这样才是智慧人生。

喜欢闲暇

现代快节奏的生活使每个人都很忙碌。

每个人都急于说话,而没有人把话说完。每个人都在忙碌,而没有人把事情忙完。因此有说不完的话,有做不完的事情。这是一个事实。

而按照事物的发展规律而言,我们做事情的效率提高了不知多少倍。我们交流的渠道也不知比以前方便了多少。如我们到乡下老家,以前可能要一天,现在半小时就会到达。更远的以前要几个月,现在可能几天就会到达。以前写信要几个星期才会到达,现在一个电话,一封邮件,马上就会到达。

按照逻辑,现在的人应该比较清闲才对。但是为什么还是如此忙碌呢?主要还是心静不下来。由于比较产生了紧迫感。这种紧迫感使人像拧紧的陀螺,不停地转,甚至是永不停息。因而无法享受清闲的生活。

当一个人清闲下来去享受那份闲暇的时候是很美妙的。可以说是全身通透,心地清静。

清闲是一种定力。"勤靡余老,心常有闲"。这是陶渊明的闲。这种虽然忙碌,很勤奋,但是心里总保持那种忙而不乱的状态是一种定力的体现。也正是因为这种闲,这种定力,使陶渊明写下了"采菊东篱下,悠然见南山,问君何能尔,心远地自偏"等令人回味无穷的千古名句。

如果没有这种闲,整日忙忙碌碌,是体会不到这种人生的美妙的。因此也是写不出如此佳句的。因为美最大的敌人是忙。在忙碌的日子里是享受不到美的。而一个人没有感觉到周围的美,是写不出真正能打动人心的句子的。

闲是一种高远的境界。"百年三万六千日，不及僧家半日闲。"这是顺治皇帝的感叹。作为一代帝皇，可以说是应有尽有。因为普天之下，莫非黄土。整个天下都是他的了。但是这只是物质上的需求的满足。而且许多的还只是名义上的所有。因为当全天下都给他的时候，一个人此时的享用实在是极少的一部分，更多的只是名义上的。于他而言，更需要的是精神的解脱。如果没有精神的解脱，高境界的需求，人的痛苦就会与日俱增。自古以来，作为权力集中之地的皇宫里面，没有几人是幸福的。因此向往闲暇的生活实际上是一种高境界的精神生活。

所以也有人说：得半日之闲，抵十年尘梦。

闲是一种开悟。"因过竹院逢高僧，又得浮生半日之闲"，这是诗人李涉的生活感悟。遇到得道的高僧，可能一两句话，他就说破人生的真谛。人有时候改变是一刹那的事情。悟透一句话，改变人一生。但是理可顿悟，事须渐修。道理明白了，但是真正用在生活上，还是要慢慢修的。所以没有人是因为研究经论而开悟的。都需要一个过程，需要一个不断修行的过程。所以只能是得半日之闲。

闲暇是我所向往的生活。只有在闲暇的生活中自己的思维才能得到开发，才能使自己不断地沉淀，从而使自己内心的智慧灵性不断得以开发。

所以我可以在别人餐桌上唾沫四溅的时候安静地思考观察人生。即使是同学会上，也可以一言不发地观察思考。别人高谈阔论，言不达意的热闹场面上，我也可以坐着冥想。这其实都是自己闲暇生活的一部分。当然，这都是偷来的闲暇，是有打扰的闲暇。相比之下，我更喜欢没有打扰的，一本书，一间屋，一壶茶，一整天的无人打扰的高质量的闲暇。那才是思维的天马行空，无拘无束，才是高远境界的生活。

只有在闲暇状态下生活，人才有真正的属于自己的生活。自己的心灵可以享受无穷广阔的天地，自己的思维才处于活跃的状态，灵感就会不断地被挖掘。闲暇是人生一种高远的境界。

闲暇的生活需要有序。只有有序才能闲暇。如果一个人的生活是无序的，混乱不堪的，就不会有闲暇的生活。因为他的心是不定的。只有心定下来了，什么事都是心中有序，才能忙而不乱，才能有条不紊，才能井然有序。所以对什么事都应心中有个规划，有个大的布局，有了这一个大的布局，就可以大处着眼，小处着手。做起事来就会心中有数，就会忙而不乱。

闲暇的生活需要觉悟的心。缺乏智慧的指导观照，就容易被外界环境所动。心被外界所动了，就是痛苦的，因此就不会闲暇了。因为想要得到，结果得不到，内心就会产生痛苦。这种痛苦使自己完全无法享受闲暇的乐趣。因为闲暇需要快乐的心。

但是一颗觉悟的心就不同。他会明白什么是自己真正需要的。什么是自己不需要而是由于习惯的欲望推着自己，使自己放不下的。况且很多事情，是在缘不在能。事情的成功是多种因素的综合，不是简单的主观努力能达到的。因此会放下很多无谓的追求，从而把自己的心放在自己真正喜欢的事情上，去享受那份闲暇。

闲暇的生活需要不断地思考。闲暇的生活，使人看似懒惰。因为从身体上看，似乎没有勤奋劳作。但是两者是有本质区别的。"懒者常似闲，闲岂懒者徒。"闲暇的人表面看起来似乎也是懒惰的，其实内心的升华与积淀更是一种厚积薄发的积累。他的思维，他的潜意识其实都在思考。思考一些平时没想透的，弄不明白的问题。因此他的潜意思总是处在思考状态。因此当因缘具足的时候，就会有一鸣惊人的力量和爆发。

喜欢闲暇，才是一种生命的积累，思考和升华。任何一种创造都离不开一定程度的闲暇。如果离开了这种闲暇，我们的生活只会更加忙碌，更加无序，人也享受不到幸福。

我喜欢闲暇。我享受闲暇。

只有闲暇才有定力。

只有闲暇才有灵性。

只有闲暇才有创造。

人生没有圆满

　　人都追求一个圆满。因此许多故事总是要编造出一个让别人满意的结局。

　　但是人生没有圆满。季羡林说:"不完满才是人生。"

　　确实,真实的人生不存在圆满。

　　世界是多姿多彩的。人生是多种多样的。多种多样的生活使我们的人生变得丰富多彩,这就使得我们的人有很多的面向。面向不同的空间与方位,面向世界的方方面面,进而成了一个圆形的立体空间。正是这种多彩的生活,使我们时刻面临着选择。熊代云说:我们只是万千可能中的一种。也就是说,我们有千千万万种可能的生活,我们现在的生活只是其中的一种。

　　有选择就有放弃。有放弃就有遗憾。因为我们对想象中的事物总是感觉美的。但是面对"世界中万事,人伦中万情",我们不可能件件都是完美的。因为有许多事情是我们无法确定的,我们能做的只有尽心尽力去完成。至于结局如何,还要看各种因缘的聚合,看各种条件是否具足。成事在缘不在能。因此我们生活中总是存在遗憾。

　　事物是常变的。我们总是希望花常开,月常圆。但是事实恰恰相反。花开得正鲜艳时,也就意味着马上就要凋零。月亮最圆满时,接下去就是逐渐变亏了。水满了,接下去就是要溢出了。

　　因此即使有圆满也只是暂时的。随着各种条件的变化,马上就会变得不圆满。而如果没有一颗平常心,觉悟心,即使一时之间圆满了,面对不断的失去,不断走向不圆满,也是很痛苦的。因此也是没圆满的人生。因为变是世界的常态。永恒即是常变。因此即使一个各方面都很顺利的人,面对不断的失去,他的人生也是不圆满的居多。

圆满的标准不同。一种生活,一件事,对一个人而言,或许是圆满的。但是对于别人而言,由于角度不同,由于感情不同,就会有不同的看法。因为世界的不同,完全在于他看的角度。除了道义上的标准外,其余的全是仁者见仁智者见智,完全没有标准答案。而如果没有强大的内心,即使是在享受圆满的生活,也会因为别人的见解而改变,也会因此而变得不圆满。

每一件事都是多棱镜。世界没有圆满的人生。用我们中国的俗语说就是"家家有本难念的经"。每一家都有一家的难处。只不过有的人善于化解难处,也不随意向人倾诉。因此在别人眼里他就有圆满的生活。有的人一有难处,就四处诉苦,希望引起别人的注意,总是给别人苦的感觉。

因此佛教认为人生有各种各样的苦。不如意事常十之八九。

历史没有定论。人生没有结果。许多时候即使放不下,到了一定程度,也要放下了。我们只有享受这个过程,使这个过程快乐。人生充实富有意义其实就是圆满的人生。我们都在追求自己的幸福。过好过程就是幸福,就是圆满。

把心安置好就是幸福,就是圆满。

我们应该把心安置在事业中。什么是事业,举而措之为天下之民谓之事业。就是我们尽心尽力为了天下百姓就是事业,不是为了自己。如果我们的努力是为了自己,那是我们的职业。而我们把心扩大,为全天下的百姓考虑,就是事业。

一个人当他把自己的心安置在这么个伟大的事业时,他思考的问题,思维的方式也不会只考虑个人的私利,而是考虑大多数人的利益。这样的心就是强大的心,就会无所畏惧。历史上许多伟大的人物就是如此。所以会"先天下之忧而忧,后天下之乐而乐"。他们的内心不会纠结。

把心安置在不断的学习中。学习能使自己的心变得不断强大,变得无比宽广,因为知识的力量是无穷的。读书可以直接把前人的经验拿来为自己所用。这样就可以吸收前人所有好的有用的经验为自己所用。这样,一个善于学习的人就好比一个巨大的吸盘，把人类所有先进的经验知识都吸收过来。这样的人生就是充实的人生，也是不断趋向圆满的人生。

把心安置在无我的境界中。我们产生痛苦，皆是因为欲望。凡是痛苦，皆是因为有所求。而且这个求取是因为把自我看得过重。因为把自己看得过于重要，得不到时就会痛苦。这是小我。

而当一个人达到无我时，他考虑的是天下一家，众生一体的世界。这样他的心就是无穷大。没有人因为心变得无穷大而感到痛苦的。我们的心往往因小事的执着而痛苦。

人生没有圆满，只有相对的幸福。

把我们的心安置好，人生就是圆满。

把我们的心安置在事业中，学习中，无我的人生中，就是达到了一种圆满的人生。

幸福是珍惜出来的

离苦得乐是人的本能。

人都在追求自己的幸福。

幸福是一种能力。

而大多数人都感到自己不幸福。

因此,世间总是纷争不断。

幸福属于会幸福的人。

一个会幸福的人,会随处感知生活的快乐和知足,会从别人意想不到的小事上体会到幸福。但是不会幸福的人,是永远也不会感知幸福和快乐的。

有时候,我们感觉到别人不应该幸福,应该是很痛苦的,但别人却幸福着,并且非常地幸福。同样有时候,我们感觉到别人应该是很幸福的,但别人却非常地不幸福。不但不幸福,而且非常地痛苦。

一个人只要自己感觉幸福就是幸福了。

幸福没有统一的标准。有人以拥有财富为幸福。有人以身居高位为幸福。然而有多少人拥有巨富,身居高位却不幸福,不快乐。古代帝王总身居高位了吧! 然而有几个帝王是幸福的?

幸福没有标准答案,是一种心的感觉。

幸福是心的满足。幸福没有统一的标准。但它是关于心灵的学问,是一种心的满足。

一个人只有内心满足了,才会和世界处于最好的状态。如果心不满足,永远处于索取状态,就永远也不会幸福。

　　幸福是一种生活的状态。只有内心满足了，人才会变得丰盈，才会处于一种最好的生活状态。如果内心不满足，就会产生抱怨、不满等情绪。一个抱怨不断的人是不会幸福的。

　　内心富有才是一种真正的富有。如果内心不富足，就是拥有最多的财富，最大的权力，也难以产生欢喜心。没有欢喜心的人是难以幸福的。

　　幸福是珍惜出来的。

　　有时我们感到自己已经对各方面都很满足了，生活条件也很好了。但是一看到别人，生活条件比我们更好，于是痛苦随之产生。这样的情况是很多的。如果人人都在追求比别人更大的幸福，人就永远不会幸福。因为每个人都看不到别人内心的痛苦，我们看到的永远只是别人表面的风光。

　　每个人都有自己值得幸福的地方。同样，每个人的内心深处也有痛苦的地方。只是处理的方式不同而已。有的人把自己的快乐展示给别人，把痛苦留给自己去慢慢地消化。因此别人看到的永远是幸福的一面。但是有的人，总是愿意把自己的痛苦展示给别人。因此别人看到的永远是痛苦的。

　　况且即使自己各方面都如意了，永远有比自己更如意的人。如一个人富有了，看见有人比自己更富有，就感到不幸福了。这是比较的结果。因为比较容易产生不满心。世界多少的罪恶是由无端的比较产生的。

　　一个人只有懂得珍惜才会幸福。珍惜眼前拥有的就会幸福。

　　一个人如果感到幸福就会知足。知足常乐，就是知足才能快乐。

　　一个人，如果知足了，就会不断向内反省，就会减少许多无端的争斗，个人就会感到幸福，社会就会变得祥和。

　　幸福是一门学问。知足产生幸福，不知足就不幸福。

　　一个人只有自己感到幸福才会珍惜。

　　一个人只有懂得珍惜，才会体味生活的意义，不断找到生活的乐趣，不断丰富自己的生活。生活的乐趣在于我们去珍惜，去发现。而如果不懂得珍惜，欲壑难填，就会在欲望中迷失自己，最终走向不幸。

　　懂得珍惜，才会与周围处于最好的相处状态，才会使内心不断变得祥和，才会不断地反思过去的缺点，才会使自己的生命处于更佳的状态，也才能与他人处于最佳的状态。

惜福才会倍福。珍惜幸福，幸福才会源源不断而来。因为他看到的，想到的，所做的都是幸福的事。这样他的人生也会不断地走向幸福。

一个人感到幸福就会感恩。

世界因感恩而温暖。每个人的生活都不是孤立的，都是社会的成就。只有感恩才会感觉自己的渺小，才会感觉自己对社会贡献太少了，取之于社会太多了。社会对我们，无时不在贡献。社会为我们创造了太多的生活条件。只有想到这些，他的心才会变得柔软，温暖，一个人才会时刻想着贡献社会，想着怎样去帮助别人。

一个懂得感恩的人，当别人遇到困难时，就会不断地帮助他人，去传递正能量。

幸福是自己的感觉。

一个人感觉自己幸福就是幸福。不用去寻找比别人更大的幸福。

因为越是比较越是痛苦，越珍惜越幸福。

时间都是挤出来的

时间最公平,给每个人都是一天 24 小时。

时间又最不公平,给每个人可以用的都不是 24 小时。

会利用时间的人,就是会挤时间的人。

所有的时间都是挤出来的。

人与人之间时间的差别,就在于能不能挤时间。

有的人,尽管工作很多,事情很忙碌,但是总有时间学习。因为所有的时间都是自己挤出来的。因为心里在乎,所以总是找机会看书。所以即使再忙碌,也可以抽出读书的时间。并且,越是抽时间,挤时间的人,越会珍惜时间。因为他知道时间来之不易。他会十分珍惜这种挤出来的时间,可以在这一件事与下一件事之间,实现无缝对接。

因此一些人尽管表面看起来很忙碌,似乎是没有时间。但是,经过一段时间,总是会有新的成果。他们的生活每天都在变化,可以说是苟日新,又日新,日日新,天天有新气象。所谓"士别三日,当刮目相看",说的就是这一类会利用时间,会挤时间的人。所以有人说忙人时间最多。其实不是真的他们的时间特别多,而是他善于利用,善于协调,善于挤。

而相反,有一类人,整天无所事事,浑浑噩噩。这一类人,你要他干什么事情,他第一句话就是我没有时间。其实没有时间是他不想干的一个借口。

对于这一类人,他利用时间的方式就是"我没有时间"。他们不是没有时间,而是没有时间读书,没有时间好好思考,或者没有时间去行动。要他读书工作没有时间,但是如果去喝酒、去社交、去娱乐,可能就有的是时间。

因此他们不是没时间,而是不肯花时间。

正是在一天天的"我没有时间"中,他们的时光一天天地虚度,最终一事无成。

一个人利用时间的方式,就代表着一个人的生活方式。从中也可以看出一个人能不能有所成。这实际上代表着一个人对待生命的方式。

每一个真正有所成的人,对待时间都是十分珍惜的。可以说是达到吝啬的程度。那些对时间十分慷慨的人,其实是在虚度年华。

会利用时间的人都是会挤时间的人。

鲁迅先生说:时间就像海绵里的水,只要愿挤,总是有的。

关键是看我们愿不愿挤,想不想挤。

在等待中挤时间。人的许多时间都是在等待中度过的。如何利用等待的时间是一门学问,也是一个人利用时间的方式。如果好好利用,这是一笔巨大的财富。如果利用不好,往往等待时间越久,越会令人心烦意燥。而人的心如果一急,就会乱。心如果乱了,做事的效率就会大打折扣。

会挤时间的人,总是会好好地利用这种等待的时间。再根据可能的等待时间的长短,来有效安排时间。带了书的可以安静地看书。没带书的可以去思考一些平时想不透的问题。也可以去温习近阶段的学习。可以去构思一些写作的提纲。可以做到手不在写心在写。这样积少成多,一天天积累,在因缘具足的时候,就可以有一日千里的长进。

在会议中挤时间。一些无关紧要,但又实在推不掉的会议,可以用来学习。可以在微信中找,看到好的内容,先保存下来。然后去温习,去做笔记。也可以事先带本书去。可以利用这些时间看一个大概。因为外部环境不安静,我们无法做到全心全意,专心致志的学习。这个会上,可以了解一本书的框架,结构,一个大致的内容。这其实也是在挤时间。

有效地分配时间。有效的时间分配实际上是提高效率。也就是转换我们大脑的思维方式,来提高办事效率。因为我们大脑的细胞是分区域的,所以我们长时间思考同一类问题久了,就会感到累。这个时候,转换一种方式,可以使这一区域的脑细胞得到休息,这样效率就会提高。

　　如我们每天早上起得很早，我们可以利用坐车的时间，如别人在高谈阔论的时候，我们可以做个冥想，这样就会使自己得到很好的休息。看书久了，转换一种思维，去运动一下，在小区里，在溪岸边走上几步，也是一种休息。饭桌上，别人唾沫四溅，谈古论今的时间，我们可以做个冥想，这也是一种很好的休息。这样别人饭吃好了，自己也得到了休息，这也是一种利用时间的方法。

　　这也是为什么有些人整天忙忙绿绿，但是依旧精力很充沛的原因。因为他们时刻在寻找时间休息。看似忙碌，实际上在忙中实现能量的平衡。所以虽然忙，但是在平衡中使自己的能量得到充足的补充和更新。这是一种大智的人。

　　总之，只要我们善于利用，善于挤，时间总是有的。

　　所有成功的人都是善于挤时间的人。星云大师说自己活了三百岁，其实是自己挤出了别人五倍的时间。他可以在等飞机的时候思考写作，可以在火车上写作，在走路时思考。这其实是挤时间。因为会挤，所以挤出了著述等身，一个名满天下的大师。

　　愿我们都挤出时间做一些自己喜欢的事情。

安静的力量

因为写文章时要用到"矫枉过正，过犹不及"的历史事件例子，就在笔记本中寻找。

我清楚地记得这个内容是在第五本和第六本之间。并且做这些笔记的时候是五月份。

应该说知道了这些线索，找起来肯定是比较容易了。但是不知为什么，找来找去，就是找不到。我把这两本笔记本全部都翻了个遍，没有找到。翻第二遍还是没有找到。重点翻了五月到六月的笔记，依然没有找到。

实在找不到，我就凭着依稀的记忆，靠还记得的几个关键词，在百度里找到了相关的内容。

第二天早读的时候，竟然不到一分钟就翻到了昨天晚上一直查阅不到的内容。在第五本笔记本的第 37 页，记录的时间是 2014 年 5 月 7 日。

昨天晚上找了一个多小时，为什么找不到？为什么第二天马上就找到了？什么原因？我在思考这个问题。

昨天晚上一直找不到，那是因为心不安静之故。因为如果没有一颗安静的心，无论干什么事情，总是会处在心猿意马的状态。

昨晚因为急着找到这个内容，所以自己的心是动的。心一动了就没有力量，就没有定力。如一个人，在运动的情况下，只要稍微一点阻力，就可能摔倒。但是要是在平时，可能用尽力气都推不到。这是因为在运动的情况下是没有力量的。身体如此，心里也是如此。如一个人忿于寻找一个目标，结果就会被小事挡住了视线。就可能一叶障目，不见泰山。而一个人在安静的状态下,是不可能被一片树叶挡住视线的。

为什么在安静的情况下,一下子就会发现目标呢?

安静会发掘人的潜力。人的潜力是无穷的。而这种潜力只有在安静的情况下才会不断被开发出来。如牛顿只有在内心安静的情况下,遇到苹果掉在地上时,才会受到启发而发现万有引力。同样,瓦特也只有在内心安静的情况下,加上平时的思考,才会在别人司空见惯的开水壶中发明蒸汽机。

安静的心会增加定力。人做事需要定力。没有定力,啥都做不好。因为每件事要做好都是需要在原来基础上有所突破。而安静就是我们人思想的根。只有在安静的情况下,我们人的智能才会生根发芽,不断地得以成长。

因为无论何事,只有经过内心的消化才会被我们接受,不然都是食而不化,不会在我们的内心留下太多的记忆。这是无根的成长,是没有营养的。而一旦入心,就会在我们的内心向各个方面生长。就如一棵树,他的根系会不断地向纵深之处发展,就会增加抗风雨能力。这就是定力的增加。

安静会增强我们的眼力。一个人在动的情况下,是不会全面看问题的。看到的往往都只是表面。如走马看花一样,看到的只是一个表面。一个人看世界,只有在安静的情况下,才会全面客观地看到事物的本质。如一群人中,热热闹闹的往往都只是看到问题的表面现象。我们看大海,看世界,热闹的人都只是会看到大海的表面。只有角落里安静的人才会看到整个大海的全貌,甚至是大海的对面。

所以安静的力量是无穷的。一个人要有所成,需学会安静的生活。

一是要有一个向上的世界观。安静的生活其实是世界观的结果。一个人只有拥有一个积极向上,乐于助人的世界观,才有可能安静地生活。一个人如果没有一个积极向上的世界观,他就会传播负能量,这样的人别人都是不喜欢的。因为没有人会喜欢一个负能量的人。这样的人就会对世界充满一种消极的负面的情绪。而且这种情绪还会不断地传播给别人。因此这种人是不受欢迎的。一个在单位里,在群体里不受欢迎的人,不可能有好人缘。因此他不可能有一颗安静的心。

　　人一善良，心就宁静。一个积极向上的人，他时刻在向别人传递正能量。他就不会向社会要求过多。他就会时刻保持一颗感恩的心，就会有一个好人缘。在这样的环境下，他的心态会产生很大的变化。他会不断地安静。

　　二是要有一颗智慧的心。孟子说"人之所异于禽兽者几希"，意思就是说，人与禽兽其实差得很少。其中很大的区别就是人会通过不断的学习，增加自己的智慧。

　　大海的深沉，使一般的风起不了浪。一个智慧的人是不大会受周围环境的影响而内心起伏不定的。因为他能看透世间的事情。他会明白什么都只是一个过程。一切都只是一种假相，只是一个过程。世间没有永远存在的实体。因此他的心是不会受外界所动的。所谓觉心不动。不动的心就会保持安静。

　　三是需要不断修炼。安静是一种境界。不是想静就能静的。而是需要不断地修炼。没有修炼到一定的程度，即使身不动，心里也是上天入地，无法宁静。通过修炼，在实践中不断增强抗击挫折能力。所谓矛盾锻炼能力，就是通过一次次的锻炼，一次次的修炼，使自己的内心不断地变强大，逐渐变得不为外界所动，达致安静的大美。

　　心静则智生，智生则事成。安静的力量是无穷的。

　　学会安静是一生的必修课。

致走向痴呆的自己

今天几件事，说明自己确实已逐步走向痴呆。至少有痴呆的迹象。

中午在同心缘吃饭。其间，一次起身去盛饭，回来时走过了头，妻子叫我才发现。第二次去盛稀饭，回来时，还是如此。

下午，妻子去老赤城街道赭溪改造指挥部帮助解决有关政策安置的法律问题。我送她过去。这个地方我应该是很熟悉的，因为就在我单位旁，结果也是车开过了头。

晚上，7时10分去办公室拿资料，结果到地下车库时才发现带了摩托车的钥匙，于是又回家重新拿上汽车钥匙。

晚8时30分从办公室出发去接女儿，去开车门时发现车钥匙还没带出来，于是又重新回办公室去拿。

做事这么丢三拉四、魂不守舍，我认为就是老年痴呆的前期表现。

对于人类而言，死亡是必然的，而衰老好像是凌迟。因此，衰老是很可怕的。尤其是老年痴呆。

知来路方可识归途。

到外国语学校，离放学还早，我就开始总结分析起今天出现老年痴呆迹象的原因。

一是参照物出错。中午几次走错座位，主要是参照物出错。座位前后桌都是有一个小孩，所以我盛好饭和稀饭后，想也没想就走到小孩旁的一桌去了。因为盛饭的地方就在后边这一桌边上，因此，盛好后没走两步就过了头。两次都是如此。

二是理解出错。下午送妻子去老赤城街道办事处走过了头,是因为理解出错。因为妻子对我说,指挥部就在她们单位原来租的地方。而原来租的地方虽然也属于赤城街道,但是位置还要过去一点。所以就直接开过了头。

三是心不专一。晚上7时10分去办公室时,因为刚看好《人类简史》的第十六章资本主义的教条这一内容,感到很有启发,这章内容验证了历史的发展是恶的结果这个论断,我也为"世界上根本不可能有完全不受政治影响的市场"这句话叫好。脑子在想这个问题,因为下午是用摩托车的,想也没有想就惯性地拿起了摩托车钥匙。

从办公室出来时因为看了第十七章《工业的巨轮》这一章,"这世界不缺少能源,而是缺少能够驾驭并转换符合我们所需的知识"等新观点使我感觉有点颠覆自己的世界观,有点醍醐灌顶的感觉。因为时间到了,所以还有点恋恋不舍。所以出去时也不知咋的就忘记了车钥匙。

虽然找出了这么多的理由,但是从严格意义上说,这都不是理由。解释就是掩饰,就是为了掩饰自己不愿这么快老年痴呆的事实。

掩饰不了事实,就只有直面事实,然后接受事实,最后想办法解决这个事实。

针对自己的老年痴呆迹象,我也思考出以下几方面解决办法。

一、放慢生活的脚步。今天虽然是假日,但是事情还是很多的。有自己有兴趣做的事情,也有人情世故的事情,有应对的事情,也有自由的事情。总之事情很多,并不亚于上班时的事情。如中午到同心缘吃饭时已经12时30分左右了。因为事情多,所以不自觉加快脚步。因为加快脚步,所以有时要出错,就会犯低级错误。所以要尽量放慢生活的脚步,使自己的身与心可以达致同步,不至于身心分离。心走得远,而身还没动。这些错误其实很大程度上就是身心不合一的表现。要知道事情永远是做不完的,要会放慢生活的脚步。身心和合为一是生活幸福的关键。

二、增强做事的定力。几次忘记和拿错钥匙其实就是心没有专注的表现。因为内心缺乏专注所以没有"事来则应,事去则无"的定力。去做别的事情了还是在想着刚才的事情，所以几次出错。所以要修炼定力。达到像镜子一样做到"心不留亦影不留"的高度。做到"扫地时就想着扫地，挑水时就想着挑水"的境界。

心有定力，做事不乱。有事心不急，无事心不空。

三、尽量过规律的生活。规律的生活是有节奏的生活。有节奏的生活可以使许多事情都能在我们潜意识里得到思考。也就是增加准备的时间，不至于连连出错。

面对逐步走向衰老的自己，好心态十分必要。因为好心态就是一剂良药。老是一种自然现象，不可阻挡。但是万物总有因缘。总是有其前因后果的。我们可以在把握因的基础上，对症下药，尽量改变一些果。从而尽量把自己健康的生命延长到极限，也把自己智慧的学习增加到极限。

思维也需要锻炼

　　我原来有每天写感想笔记的习惯。就是每天写生活的感悟,读书的感悟,人生的感悟。但是自从到创国家卫生县城办公室以后,因为生活习惯的改变,工作节奏的改变,自认为的这种好习惯也随之改变,放弃了一段时间。

　　有一个星期天,我心中很有感悟,很想表达出来。我送女儿去上学以后,坐在办公室里,准备下手写作。

　　但是思考来思考去就是写不下去,竟然无从下笔。想了许多开头,就是不满意。

　　都说文章的开头最难写。自己平时在写的时候,在坚持那种习惯的时候,对于自己思考的问题,感觉自己内心总有一种思路。而顺着这个思路写下去,就是一篇文章。

　　而今天思路很多,很杂很乱,就是形不成一条线,形不成一个系统。因为没有形成线,所以结果变乱。一乱就抓不住头绪。没有头绪,也就没有纲要,文章就写不下去。

　　所以一个上午坐在办公室里,写了个开头又改掉,重新写了一个又换掉。

　　在这种情况下,我干脆放弃不写。因为这样硬写出来的文章,是不接地气的,打动不了人的心灵,也是缺乏生命力的。

　　为什么有自己的思路,就是无法形成文字表达出来呢!我思考了一下,主要有以下几个原因。

　　首先是思维的生疏。人的思维就如人的身体。人的身体是需要经常锻炼的。所以拳不离手曲不离口。我们经常用，就会形成习惯，自己的能力就会不断得到开发。所以拳越打越活，曲子越唱越好。一个人经常锻炼与不锻炼是不一样的。

同样一个道理，我们的思维也是如此。如果不锻炼，就会感到生疏。所以心常用则活，不用则窒。而自从到了创卫办公室，因为考虑的是宣传和办公室两个方面，对文化对人生的思考相对就少了些。有时候就是有思考，也因为没有记录，没有表达，没有形成文字，而变成电光火石般的一闪而过。所以自从去创卫以后，自己对文化的思考，对人生的感悟，相对就是少了些。所以动笔也就感到生疏，其实也是一种窒息感。

其次是知识的生疏。平时因为在思考在表达，所以各种知识点，各种思想，在自己的头脑中呼之欲出，信手拈来就是文章。但是几个月没写了，各种知识点也变得生疏了。有时候想表达又不知道用哪个词语表达好。想来想去，就是找不到一个贴切的用语。有时候一个意思在心里，就是表达不出来。

在创国卫期间，虽然还是天天早上在读书，在思考，但就是没有动笔。有时候脑子在动手没动，知与行是脱节的。所以也是得不到锻炼，各种知识点慢慢就生疏了，要写的时候就没有思路，就不能成文。就好比开车，原来一个很好的驾驶员，如果一两年没有开车，有一天要上路，就会感到害怕，感到生疏。这是同样一个道理。

最后是反应的生疏。原来平时一直在写的时候，自己对各方面思维的反应是很快的。这个知识点拿来，那个知识点拿来，文章的前后一连贯，有时候就是一篇有思想的文章，就是一篇有血有肉有观点的文章。

但是，好几个月没有写了，对知识点的反应慢了。有时候就是想好了这个知识点，你把它呼唤出来，放在哪里最贴切，又要考虑很长一段时间。考虑好了，上下文如何连贯，又要不断地思考。这个知识点考虑好了，又要考虑如何表达。如何以完美的形式表达出来，如何以读者能够接受的形式表达自己的观点。这方方面面要考虑很长时间。因为反应的缓慢，所以思维也就开展不下去。一个上午开头都开不好，所以干脆丢弃不写。

我们的思维要想不生疏，就需要不断地思考，不断地表达，才能越用越活。

　　碰到问题时思考。我们每天都会碰到问题。人生就是碰到一系列问题的过程,解决一系列问题的过程。碰到问题我们就应该思考。问题是如何出现的。解决问题的契机在哪里。问题主要出现在什么地方。如果这几个方面都形成了要点列了出来,再考虑一下如何开好头,几个问题如何过渡,结尾如何升华主题。如果把这些都形成文字就是一篇文章,就能解决一系列的问题。

　　如果不思考,很多问题其实也是会解决的。但是我们思考了,我们就会从中学到很多东西,我们的思维方式就会不一样。这其实是对于自己思维的锻炼,也是对于思路的拓展。

　　从小事情中思考。碰到一些小事情,我们如果一思考,可能就会思考出人生的道理。其实许多事情,只要我们安心,我们专心,就会发现每一件事情都包含着生活的道理。我们善于思考,就能发现这个道理。这个时候如果再加以拓展,我们思考问题的高度和敏捷度就会不一样。当我们习惯在小事中思考问题的时候,我们自己的生活就会变得周密,井井有条,遇事就会忙而不乱。

　　所以在小事中经常思考,再加以表达出来,我们思维就会不断地得到训练。

　　有写作的思考。许多时候,我们对问题有思考,但是因为没有表达,所以时间久了,我们表达的能力就会削弱。就好像知与行。知是一个方面,行是一个方面。就好像我们知道游泳的道理,我们的理论功底很好,但是没有实际的游泳经历,一个即使有最好的游泳理论功底的人,他没有经过实际的考验,贸然下水也是会被淹死的。其实许多事情都是同一个道理。知行并进才能使自己各方面得到提升。所以我们的思维还要把它表达出来。只有表达出来了,我们的能力才能得到提高。

　　生活是所大学堂。愿我们在生活中,自己的身体得到锻炼,自己的心灵得到强大,也就是自己的思维得到锻炼。这样的人,生活的各方面都会井井有条,人生的智慧会不断地得到开发。

从容地老去

　　老是自然现象。但是,人们却都在排斥老、抵抗老、延缓老。这是人的本能。

　　因为在一定程度上,老就意味着变丑。

　　对美丽的追求是人类的共性。所有人都爱美,都在追求美。因为一个人老了的时候,美丽的容颜将不再焕发青春活力。我们或许会变得老态龙钟,白发苍苍,脸上将布满皱纹。老是自然现象。如果是聪明的人,他会有足够的认识。他不会过分怨天尤人。如果没有足够的智慧,就可能感到可怕,内心产生许多的恐惧感。

　　因为人类爱美怕老,所以许多的美容机构就应运而生,并且生意火爆。

　　老接下去就是病与死。人其实是自然界的一株绿色植物,和自然的草木没有两样,只不过人是会思想的草木,但是总体还是离不开自然的范围。自然界有春夏秋冬。事物有生住异灭。人有生老病死。这些都是自然的基本规律。

　　我们人在生的时候是向上生长的,是欣欣向荣的。但是一旦到老,接下去就是病,就是死。人人都在本能地排斥死亡。千古艰难惟一死。因为老就意味着病与死,所以人都不愿老。

　　老意味着不停地失去。人变老了,行动不便了。本来轻而易举就能做到的事,也要花费很大的力气才能完成。最可怕的是,人老复归于幼儿,我们自己不能独立地生活,会如小孩子般大小便失去控制。我们会失去知觉,认不清家人。我们壮年时的一切生机活力将不复存在。我们说话都没有一点条理。

对于当领导的而言,这种老的感觉更加可怕。因为一老,眼前的一切就将失去。眼前的地位、权力,所有的前呼后拥,可能马上就会由门庭若市变成门可罗雀。所以许多的领导就拼命减少自己的年龄,希望永远也不要老去,永远也不要退位。

如果生起病来,为了活命,我们身上会插满各种管子。我们会像动物一样被这里一刀那里又一刀。我们会活得毫无尊严。而尊严,对于一个人,几乎就是生命。有多少人,选择结束自己的生命,放下对家人,对世界的留恋。其实就是为了维护自己的那份尊严。

所以,我们人都在本能地抗拒老,都希望自己永远年轻。

但是人又不可能不老。只有智慧的人,才认识得到这种规律,把握这种规律。面对这种自然现象,选择从容地老去。活出精彩的晚年。

要想从容地老去,需要有一个真正属于自己的兴趣事业。

人生没有太晚的开始。改变自己从来都不晚。有些人从自己的职业上退下来,特别是从领导岗位退下来,如果整天无所事事,就明显感到衰老,各种疾病就容易入侵。这个时候要着手培养自己的兴趣。兴趣使自己的人生焕发青春活力,甚至不知老之将至。这就是有些人越活越年轻的道理。因为兴趣事业,把人的精神细胞活力重新激发出来。

这样的人面对老,也显从容。

要想从容地老去,要有自己的事业。事业激发精神,能使人不断奋进,能使人价值培增。如星云大师,90岁高龄,因为糖尿病,不能行走,眼睛都几乎看不见。但是就是这样一个几乎是废人的老人,因为有事业的追求,用佛法宏化人生,建立人间佛教的理念,不断推进弘扬佛法,建立道场,贡献社会。其著作影响了数千万的弟子。2015年习近平总书记在接见星云大师时还说,大师的著作我都看了。这是多大的人格魅力。我们几乎无法想象,这是一个90岁的老人。这是多么从容的人生。

要想从容地老去。需要有一颗不断学习的心。任何人如果停止学习,实际上就意味着衰老。因为老不仅是身体上的,更重要的是心灵上的,是心态上的。一个人如果过早地与世隔绝，如果停止学习，如果心灵停止思考，那么他的脑细胞就会停止运动。而精神的细胞和身体的细胞是一样的，需要运动，才能有活力。身体需要锻炼，心灵也需要锻炼。生命在于运动，也包括心理运动。

一个人只有在不断的学习中，才能不断享受新知识带来的快乐，才能跟上时代，才能不至于过早痴呆。同时学习也可以使我们不断拨开生活的迷雾，看到人生高远的境界。一个人如果看懂了人生，就会放慢对物质的追求，就会有好的心态，就会万事随缘。他会知道许多事情根本不是人力所能挽回的。他会尽人事而顺天意。这样的人，他面对衰老，也是从容的。因为他知道这不是人力所能的，还不如顺其自然做些有意义的事情。

从容地老去，是人生的真正的潇洒。

从容地老去，是充满睿智的人生历练。

从容地老去，是人生大道的智慧表现。

但愿我们都能从容地老去。

第 二 辑

人我和合

人是环境的产物

　　人生活在一定的环境之中。人的性格，人的思维，都是受环境的影响而形成的。

　　中国古代有孟母三迁之说。说的就是环境对人的影响。当他们家住在墓地旁边时，小时候的孟子就和邻居的孩子一样，学着大人，跪拜哭孝的样子，玩起办理丧事的游戏。

　　后来住到集市上，孟子又和邻居的小孩一起，学习做生意的样子。一会儿鞠躬欢迎客人，一会招徕客人，学着如何和客人讨价还价。

　　孟子的母亲觉得这样下去不行，就搬到学校附近。这个时候，孟子开始变得守秩序，懂礼貌，喜欢读书。

　　这个时候，孟子的母亲满意地说，这才是儿子该住的地方。

　　著名哲学家黑格尔说，人离不开环境，就好像离不开生长的土壤一样。可见环境对人的影响之大。

　　一定程度上说，人就是环境的产物。

　　人是一株绿色植物。从本质上说，人和其他绿色植物一样，是自然界的组成部分。从自然中来，最后生命回归自然，回归泥土。我们生活的整个过程，和大树和小草一样，没有什么本质的区别。只不过我们是会思考，会分析的绿色植物。

　　而绿色植物，明显受环境的影响。橘生淮南则为橘，生于淮北则为枳。北方的植物，南方的植物，日照不同，水分不同，所以完全不一样。北方人的性格和南方人的性格也完全不一样。就是两个不同的环境，形成两种不同的性格。

我们的环境就是我们成长的土壤。植物生长需要土壤,空气,水,阳光等必须的条件。

我们人的成长也是如此。我们的环境就是我们的土壤。当然这个环境包括自然环境和社会环境。自然环境指空气,日照,水等的分布情况。社会环境指世界的局势,国家的环境,社会的秩序,周围人的思想状况,家里人的生活等等,都在不同程度地影响人的性格。

我们常说一方水土养一方人,就是指环境对人的影响。明代著名地理学家王士性说:"泽国之民,舟楫为居,百货所聚,俗尚奢侈;山谷之民,喜习俭素,然豪民颇负气;海滨之民,餐风宿水,百死一生,官民得贵贱之中,俗尚居奢俭之半。"

杭嘉湖商业繁盛,尚奢侈;金衢严处带着山民的彪悍;宁绍温台则渔业发达,奢侈方面居中。

王士性的学说,虽然有地理环境决定论之嫌,但就环境对人的影响而言,也是很有道理的。王士性是提出浙江文化区划的第一人。

社会环境更是时刻影响着人。我们从小接受怎样的教育,长大了接受怎样的思想,社会周围人的生活状况,都对人的影响很大。

作为一个普通人,如果生活在一个不断上进,不断奋发的群体中,也会自然而然地受其影响而奋起。如在军队里,在学校里,我们就会自然而然地克服惰性,不断进取。但是如果生活在一个不求上进,只讲攀比的地方,那么人的惰性就会增长,慢慢也就变得消极。

大的方面,国际局势的变化,国家政策的出台,高考政策,移民政策,纳税政策,计划生育政策的改变,都会或多或少影响我们的人生。

人就是生活在自然环境和社会环境决定下的绿色植物。

环境影响人的思维。人的思维来自自己的知识,学问,生活经历还有环境。如我们碰到老人倒地,我们的知识、我们的理性告诉我们要做好事马上去把老人扶起来。但是另一方面,可能又会想,报纸上经常看到扶起了老人反而被讹的消息。你做好事扶起了老人,老人就会赖上你,说是你碰倒的。

这个时候可能为了保身,先证明不是自己碰的,然后再去帮。因为这种例子很多,所以许多人就不敢去做好事了。这是来自媒体环境的影响。

又如考大学考什么,考公务员考什么,什么样的专业会热销等等都是环境对人的影响。

环境决定理论高度。一粒种子,生在肥沃的原始森林里,可能就会长成参天大树。但是如果长在贫瘠的荒漠上,可能就长不出来,或者变异成了一株小草。

同样,我们是站在一地的高度看问题,还是站在一县的高度看问题;是从一国的高度,还是从全世界的眼光分析问题,会得出不同的结论。

人是环境的产物。

人只有适应环境,然后在一定程度上再去改造环境。

我们人到一个单位亦如此。无论怎么不顺心,只有先去适应,再去改变。有些人对工作分配不满意,就整天吵吵闹闹,结果于事无补。只有先去适应,安下心来,做出成绩,我们的环境自然就变了。

先适应环境,再去改造环境。

人要会转弯

在小区走路，走着走着没路了，因为小区一个出口是封着的。这个时候转个弯，回个头，又是无穷无尽的路。

这是有形的路。人生天地间，弯弯曲曲的路无穷尽。

世界的路，没有一条是笔直的，总是弯弯曲曲的。我们总要在适当的时候转弯。如果不会转弯，我们的路就走不远。

无形的路，人生的路也是如此。

一个单位死气沉沉，工作效率低下，考核老是排最后。

一个新领导上来后，发现了问题的症结，职责没有明确，责任也没法追究。很简单，各自明确地分工，明确责任。

这样一来，单位的活力被激发出来了，马上变得生机勃勃。

这就是思想的转弯。

许多时候，人与人的差别，不在于速度的差别，而在于转弯的差别。在于能不能适时转弯，能不能转好弯。

阡陌交错才形成路。只有弯弯曲曲才能走向远方。如果追求不转弯的路，那肯定是走不远的。只有弯才能成其远。所以我们要走得远，就只有不停地转弯。我们实现人生大目标，首先要实现一个一个的小目标。因为世间的大事都能分解成小事。所以会转弯这是由路的性质决定的。

谁也没有一帆风顺的人生。人总是在打击中成长的。一个人，能忍受几分打击就有几分成长。只有经过不断的锤炼，不断的打击，自己才能不断成长，成熟。一帆风顺的人，不会有精彩的人生。

因为转弯就意味着方向的调整。方向比方法更重要。方向是带有全局性的,方法是细小的具体的。只有大的全局的方向正确了,再加上方法得当就会高效率。否则,方法越好,离本意越远。南辕北辙,车越快,离目标越远。

所以人应该适时调整自己的方向,适时地转弯。

能不能转弯,如何转好弯,意味着能不能有一个新的起点。

在最困难的时候转弯。许多事情发展到一定程度,都会有一个瓶颈。克服这个瓶颈就是一种质的飞跃。如果克服不了,最终也成就不了事情。当困难出现的时候,也就是转弯的时候。所以困难也就是机会。一个聪明的人,他不怕困难。他总是在困难背后看到自己的机会,然后抓住这个机会。

最困难的时候,也是最磨炼人意志的时候,也是最能发奋图强的时候,也是转弯的时候。转过去了,是康庄大道。转不过去就是万丈深渊。红极一时的歌星,克里斯托弗·星夫,在一次马术比赛中意外坠落,成了一位高位截肢的人。面对巨大的打击,他一度绝望,也想到了自杀。但最终他选择了转弯,以轮椅为步,当起导演。经过一番努力,他导演的影片,还获得了金球奖。他还坚持用牙咬笔并坚持不断地努力,写出了《依然是我》这部表达内心坚强的立志书,用另外的方式成就了自己,也成就了自己更加灿烂的人生。这就是转弯。

如果他不会转弯就会沉沦下去。他以后的人生将是灰暗的。司马迁如此,左丘明亦如此。历史上但凡有成就的巨人,大概都在承受巨大打击以后,发奋而起终成一番伟业。

在事业成功之时转弯,事业失败时找出路。在事业成功时,我们也应该找出路。因为世事随时在变。我们只有自己变才能适应这种变。所谓永恒就是常变。因为事情成功了,马上就会走向另一个方面。万事万物都在朝着其相反的方向转变。成功了,下一步就是走向衰落。这就是"反者道之动"。这个时候我们要在变中求得主动。

范蠡和文种,帮助勾践复了国。事业可谓成功了,范蠡开始转弯,选择了下海，结果在商海取得成功，成为有名的陶朱公。文种还要辅佐勾践，这个时候的勾践已经不是以前的勾践。结果文种被杀。两者不同的结果，就是因为一个会转弯，一个不会转弯。历史上这样的例子很多很多的。

所以在事业成功时要转弯。不要迷恋成功。

在因缘具足的时候转弯。因缘可遇不可求。但是当机会在我们面前出现的时候，我们要会转弯。例如自己有某方面的特殊才能，平时也不想显露，不想有意地表达自己的需求和才能。但是当机会来临的时候，社会急需这种才能的时候，我们就应该出来对社会做一些贡献，这也是自己的职责所在。自己的所学所知，如果最终不贡献于社会，那么这种知识最终也是无用的。只有经世致用才对得起自己的知识。所以这个时候要会转弯。

走路其实只有两种方式，要么前进，要么转弯。只会前进不会转弯的人永远走不远。

人要学会适时地以适当的方式转弯。

人的成长需要仪式感

人的成长是需要仪式感的。

每年的清明、七月半、冬至等重要节日，我们总是要点上几支香祭祖。小时候不知道这么做有什么意义，只知道拜祖宗可以保佑我们读书进步。从我懂事起，这个时候我都毕恭毕敬的，现在还是如此。

后来读书，开学有开学典礼，毕业也有毕业典礼。这些其实都是仪式。

印象最深的是每星期一的升旗仪式，它给我一种庄严的、震撼人心的感觉。我们正是通过国旗，把我们对祖国的恭敬之情，对人民的热爱之情，集中抒发出来。

人是需要仪式的。非器则道无所寓。

通过这种仪式可产生责任心。开学了，我们举行开学典礼，通过这种仪式，我们要好好学习了，开始学习了，把心收回来了。毕业了，举行毕业典礼，意味着我们走向一个新的阶段，新的阶段就有新的任务，新的使命。同样，我们入团有入团的仪式，入党又有入党的仪式，升国旗有升国旗的仪式。通过这种种仪式，直接唤起我们的责任心。这些仪式实际上是明确了一种责任，通过仪式，我们明确了自己肩上所担负的责任。

通过仪式可产生感恩心。每年的重要节日，我们都要祭祀祖先。祭祀祖先意味着我们不忘记祖先。这是与祖先的对话，明确知道自己从哪里来的。这会产生一种感恩心。一个人如果不知道自己的来龙去脉，就会产生一种错乱感、茫然感。知道了，并且时时牢记，才能产生一种感恩心。从而增加对社会的感恩，对他人的感恩。如果人人都产生感恩心，社会自然就和谐了。

这种种仪式,可以促使我们的心走向胜利,走向阳光。

因此这仪式的作用是很大的,古代举行成年礼,现在虽然没这种仪式了,但是在读书时,小学、中学、大学的各种仪式还在,成为少先队员,共青团员,共产党员的各种仪式还在。

仪式在,任务就还在,使命就还在。

对待人生的仪式应有正确的态度。

我们应该以使命感对待仪式。升国旗、入党等仪式,都是神圣而光荣的。面对这种仪式,内心应该有一种崇高的使命感。入党了,说明自己已经是一名共产党员,我们就要以共产党员的标准要求自己,从各方面约束自己的行为规范。面对升旗仪式,我们就应该想到我们幸福生活的来之不易,更加明确我们肩上所担负的责任。

以报恩心对待仪式。对待祭祀祖宗等仪式,我们内心应该产生一种强烈的报恩心。感恩父母生养我们的不易。祖辈之恩,昊天罔极。为了我们的成长,社会也贡献了很多。所以应该产生强烈的报恩父母,尊敬父母,报恩社会,友好对待社会的心理。从而更加坚定自己的内心。而一个人的心坚定了,一定程度上也就意味着圆满了。

人一生要经过很多的仪式。人是伴随着仪式长大的。个人有个人的仪式,社会有社会的仪式,国家有国家的仪式。每一种仪式都代表了一种规范,一种文化,一种指向。

人的成长需要仪式感。

真正入心的仪式,代表着一种厚厚的正能量。可以使人产生对他人的恭敬心,对社会的感恩心,对事业的责任心。

做一个会妥协的人

矛盾无处不在。

因此,有人就有矛盾。

矛盾具有对立性。解决之道是一门艺术。如何解决矛盾很大程度上决定如何做人处事。

一个聪明的人,面对小矛盾,总是会适当地妥协。

一个会妥协的人可以拥有更多的时间。

人的生命是由时间组成的。一个真正想做事的人,时间对他而言,比什么都珍贵。所以他不会花时间在小事上与人计较。因为他认为这样根本不值。他认为他有更大的使命。所以他会妥协,不会与人计较。这样可以拥有更多真正属于自己的时间,去做属于自己的事情。

所以他才会在一些小事情上不断地吃亏,不断地妥协,为了赢得属于自己的时间。

列宁说:"赢得了时间,就赢得了一切。"这是很有道理的。

适当妥协可以省却许多的精力。

人的精力总是有限的。处处与人计较,与人争斗,要花费时间和精力的。在小事上的精力花费多了,就会分解办大事的精力。况且许多小事,在心里想多了就成了大事。并且如果处理不当,事情本身也会转化为大事。小事大事本就会互相转化。大事都是由小事化成的。

所以适当吃亏,妥协一下,一则可以使自己心安,二则也可以集中自己的精力做自己想做的事情。

适当吃亏可以有一个好人缘。

人生是由无数的事情组成的。一个人如果处处与人计较，就会处处与人对立。因为任何一件事情，如果从不同的角度去分析，会有不同的思维，不同的考虑，因此会有不同的结果。如果不会妥协，一看到与自己意见相左的，就横眉冷对，怒目相向，结果处处与人争斗，与人对立，这样就不会有一个好人缘。

任何一件事情的成就，好人缘是基础。

好人缘是一笔巨大的财富。

做一个会妥协的人，不是做一个没有原则、没有是非，懦弱无能、任人宰割的人。而是为了拥有更多的时间而放弃一些小事，去做自己真正要做的事情，去实现自己的梦想。适当的妥协，就是不在小事上纠结。

这是在两利相较，权衡利弊，放弃小的得失之后，去追逐真正的梦想，成就自己更大目标的这么一个过程。

小事妥协，大事认真。

如果事事妥协，这是无能的表现。在一些大是大非的问题上应该较真，应该当仁不让。如涉及人格尊严的，涉及国家利益的，是非观非常明确的问题上，我们都应该认真，而不是妥协。

日本侵华时，一些出家人纷纷拿起武器，成立僧人救国队，有的参加物资运送，有的参加伤员救治，有的直接参加抗战。

因为止恶与扬善是一体的。对恶的纵容就是对善的伤害。

所以有时杀生是为了护生。

吃胸襟的亏而不吃懦弱的亏。妥协有时候是吃亏，人需要吃亏。但要区分吃什么亏，不要吃懦弱的亏。

如我们买菜，有时候天寒地冻，看着小菜农们，卖菜很不容易，为了使其能早点回家团聚，就全部买下，宁可贵点也要买下。自己吃点亏无所谓的。

但是如果在菜场里，不法商贩短斤缺两。这个时候，我们就不要吃这个亏了。因为这是别人的欺诈，是一种恶，是不能纵容的。

有时候别人欠我们钱，在确实有困难的情况下，少还一点，也是可以的。

但是如果对方明明有这种能力，却在有意逃避。我们就不能让步，不能吃亏。

胸怀的亏可以吃，软弱的亏不能吃。因为吃软弱的亏是对恶势力的纵容。有时候因为自己的纵容，对方的恶就会扩大，就会积小恶成大恶，这也是害别人。

在妥协中丰富自己的人生。

任何一件事情都是有双重性的。许多事情都是明里去暗里来的。我们吃亏多了，让步多了，自然会有好人缘。人缘广了，自己的人生也就丰富了。

拥有丰富多彩的人生，是人人所追求的。因为一个丰富多彩的人生，也就是找到人生的意义和价值所在的人生。因此也是个快乐、幸福的人生。

做一个会妥协的人。

一个不会妥协的人，不仅活得很累，而且很痛苦。因为不妥协就要四处与人争斗，争斗总是让人痛苦的。

一个会妥协的人，是一个会艺术生活的人，也是个丰富的有内涵的智慧的人。

君子不怨天尤人

余秋雨说,所有的文化最后都沉积为人格。中国的文化最后都沉积为君子人格。只要是中国人,称其为君子,没有不高兴的。

这就是中国人的集体人格。也就是君子人格。

何谓君子? 重要的一条就是不怨天尤人。就是面对困境,面对不如意的事,我们不埋怨天,也不责怪别人,而是从自身寻找原因,去寻找解决的办法。

孔子为什么喜欢颜回? 就是因为颜回"不迁怒,不二过"。也就是不把自己的愤怒转移到别人那里。

面对困难,怨天尤人是没有用的。

万物都有原因。我们面对自己的处境,面对各种不如意,如果一味抱怨上天,抱怨别人,那是没有用的。正确的态度只能是勇敢地面对困难,然后想办法去克服它。如果埋怨这个,埋怨那个,反而会在埋怨声中失去许多解决的机会,使处境更加不利。埋怨是无能的表现,是推卸的开始,是失败的开始。

埋怨是无能的表现。

面对问题,面对困境,先把事情解决了。度过了困难,再去寻找出现的原因,也就是总结提炼。总结的目的是为了总结经验教训,有利于今后的发展与提高,而不是去解决谁是谁非问题,更不是去推卸责任。先解决,再去总结自己就会不断提高。这更是对实践的提升。

怨天尤人只会引来别人反感。埋怨是无能的表现。埋怨指责别人,只会引起别人的反感情绪。如果埋怨别人，别人反驳一下，只会激发不满和对立情绪。而一个单位组织，如果充满对立的情绪，埋怨的情绪，战斗力就会大大降低。所以埋怨是没有正确认识自己。

一个人只要对自己有一个正确的定位，对世事有足够的人生智慧，就不会抱怨。

如何做到遇事不怨天尤人？

坦然面对困境。每一个困境的出现都是有原因的。面对困境，我们智慧的办法只有坦然面对，不是去逃避去推卸。任何一个困境都是促使自己成长的一个机会，都是自己的一次历事练心，都能增长自己的智慧。克服困难就是提高自己。我们应思考困境为什么出现。是重视不够，还是沟通不够，还是谁私心太重，工作失职而造成的。然后针对原因，寻找解决之道。

想办法处理困境。任何问题其实都是有解决办法的。找到了原因，就找到了问题所在。这很大程度上有利益问题的解决方面。我们在想办法处理困境的过程中，其实是在锻炼自己的能力，使自己的能力水平在实践中得到提高。矛盾锻炼能力，实践提高技能。这些困境就好比是促使我们成长的增上缘。

放下困境的干扰。处理了困境，在总结经验中提高壮大自己的同时，在我们的内心还要放下。这似乎是一对矛盾。其实不是，吸取的是经验教训，是自己以后的做事方式，改正的是自己的缺点和不足。

而放下的是对事情的执着。如果我们老是执着于事情的是是非非，恩恩怨怨，那我们就永远也没有走出困境，还是执着于困境。自己的境界，意识其实没有提高。我们只有放下了对事的执着，才能造就一个强大的自己。

君子不怨天尤人。

怨天尤人只能显示自己的懦弱与无能。

怨天尤人会僵化同事关系。

怨天尤人不利于我们走出困境。

怨天尤人只会使问题更加复杂。

怨天尤人有百害而无一利。

　　怨天尤人怨不出一个精彩的人生。故为君子所不器。

　　一个人要做到遇事不怨天尤人是很困难的。这需要不断修炼自己的内心,强大自己的力量。只有自己的力量强大到得之不喜,失之不悲,泰山崩于前而不为所动的时候,我们才有从容淡定的内心。也只有这样才能使自己的力量不断得到发挥,从而把握事物发展的良机与规律,成为真正的不怨天尤人的君子。

先做好自己

　　每当放学的时候,学校门口的路两旁总是停满了车,有汽车、电瓶车、摩托车,使本来就不宽敞的道路显得格外拥挤。

　　这个时候大家都在等待,等待着孩子放学。这个时候总有一些车辆,不管前面多么拥挤,总是拼命往前挤,在挤的过程中还总骂骂咧咧,说别人素质这么差,把车停在这个路边,其他人开不了。自己却挑了个有利的位置停下来。然后看着别人,边挤边骂,开始新的循环。

　　每个人都想找到有利自己的位置,占有这个位置之后,以道德卫士的标准去衡量,责怪别人。这就是大多数人的心理。

　　其实他们完全没有必要这么拼命地往前挤。因为离学校门口稍微远一点,走那么几步路就空了。如果大家都这么想,学校门口就不会那么拥挤了,其实这样更有利于疏散。但大家都没有这么想,想到的都只有自己,责骂的都是别人。

　　我知道这么一位知名人士,他经常在大会小会上发表反对意见,几乎是每会必发言,而且有理有据,好像是一个敢于说真话的正义的化身。有一次,他楼下的一户人家把花坛的绿化移植了,换成了别的品种。他就赶紧向物业报告,说这是公共的地方,是大家的地方,不能随意变更的。说得很有道理,于是物业就赶紧去阻止了。

　　但是没过几个月,他家里就开始在顶楼的阳台安装阳光房和雨篷。因为阳光房,光辐射要影响周围的视线,雨篷的滴水对楼下也会造成影响,所以许多业主要求物业前去阻止。但当物业前去他家的时候,这个平时文质彬彬、温文尔雅的委员，完全没有了往日的风度。分明是个无赖，还说物业侵犯了他的个人财产，不能进他家里，十分的蛮横无理。

如果不是亲眼所见，很难想象，这么一个蛮不讲理的人，会是每次大会上，一个滔滔不绝要求别人怎样地提高素质觉悟，要求社会怎样地有序的人。很难想象，面对电视镜头，和对物业去他家里的两种态度，会是出自同一个人。

从此，每当听到这个名人在大会小会做各种发言的时候，他面对媒体滔滔不绝的时候，我的态度是赶紧走。因为听下去感觉比吃了苍蝇还恶心。

但是这类人在社会上很有市场，一副正人君子的样子，一副社会正义的化身，一副讲真话的代表，人民群众利益的代表者的样子。但是这一切都是要求别人的。他自己的利益可以完全高于这一切。

我们都会给自己自由，却以道德的高度去要求别人、要求社会。

其实中国社会的很多问题，都是由此而来。每个人都在谴责社会，谴责社会如此的不好，种种的负面现象。但是没有一个人能找出解决问题的办法。

人人都是要求别人讲道德，自己就可以不守规则，不守秩序。其实这是一切问题的根源。因为大家都是看着别人的，唯独看不到自己。

如果每个人都少去发现别人的问题，先做好自己，社会肯定就和谐稳定了。

即使今天会议上，那些大会小会每会必发言者，要么就是书呆子，他希望通过会议的形式问题得到彻底的解决，所以发言很认真，期望值也很高。要么就是一批个人私利者。他们精通社会运行的规则，知道什么领导在讲什么话。他们不是希望通过发言解决一些问题。当然问题能够得到解决更好。但更重要的是，希望通过发言，提高个人的威望，提高个人在社会的影响力。而通过这种影响力实际可以拿到许多的好处。比如对这样一种人，他不论到哪个部门去办事，每个部门都是大开绿灯的。如果一不如意，不管自己有没有道理，合不合规则，他下次会议马上就炮轰。对于这样的人谁敢得罪。因此他们其实就是抓住话语权，来个很大的软腐败。

　　如果社会就这么一种精英在建言献策,社会能公平吗?

　　每个人只有先做好自己才能要求别人。只有这样,社会才能慢慢有序,公平正义才能实现。

　　一个人要做好自己。首先要公私分明。我们不是圣贤,不可能做到公而忘私,也不能做到大公无私。但是至少我们应该公私分明。公家的就是公家的,私人的就是私人的。做事也应该如此,想做的事情究竟公不公平,是不是出于公心。是把公家的利益放在第一位,还是把自己的个人的利益放在第一位。

　　多为下一个人着想。世界无穷无尽,我们每个人都关联着别人。这个时候我们应该都为下一个人着想。例如我们停车,我们应该想一想,车停好了以后,会不会挡着别人。别人能不能通过。如果大家都像我这么停车,路是不是要堵死了。我们开进去的时候,是不是可以想一下,我有必要开进去吗。叫小孩子多走几步有什么影响呢。这个时候开进去肯定就只能给别人添乱。我这样开进去会给别人带来很多的麻烦。

　　少评论别人,多反思自己。我们总是很容易看到别人的缺点,却看不到自己的缺点。所以我们都很容易评价别人,都能以有色眼镜放大别人的缺点。看社会也是如此。许多人,正是通过评论社会的缺点,显得自己有学问,有水平,高人一筹。其实我们每个人都应该反思的应该是自己。孔子曰,吾日三省吾身,何况我们凡人。只有这样,才能看清自己,认清自己的缺点,改正自己的缺点。

　　不去评价别人,先做好自己。不断地做好自己。

　　只要每个人做好了,社会自然就会好起来了。如果每个人自己都做不好,还要求别人要求社会,那么这个社会永远不会好起来。这个社会不好起来,个人也好不到哪里去。就好像雾霾的出现一样,结果损害的还是全体人类。面对雾霾,没人能够独善其身。所以治理雾霾首先要治理心灵的雾霾。

致女儿

亲爱的女儿，今天是 2017 年 5 月 31 日，也是你 16 岁的生日，更是你初中阶段的最后一个生日。

中午，你妈要我对你说几句鼓励的话。我当时不想说，因为怕你的情绪会因此而有所波动。被你妈一顿批，于是我又写下了以下几句文字，作为对你的鼓励和鞭策。

其实早上上班时，你妈就对我说，要是早两个月你就有这种状态就好了。我当时就泼了她一盆冷水。说如果过早了，说不定现在又变了。万事讲的是因缘。因缘未到，着急不得。

虽然我和你妈当时只是随便聊聊，但是我们确实是从内心感受到了你这一个多月来的变化。特别是晚上我和你妈两个人来接你的时候，我明显可以感受到你的笑容是灿烂的，是发自内心的，也是挡不住的。虽然学习是如此之忙碌，但是我总能感觉到你的笑容。其实这至少说明你近阶段内心的变化，变得不断强大。也能说明你的学习状态，这是你紧张有序又能够消化知识的学习状态。以前有不好的状态你是根本不会和我们沟通的。那时是只知道抱怨的。

一个人无论做什么，他的状态是很要紧的。所以我以前也经常对你说"人的未来就在他的当下"。我们不用去问别人，也不用去问你。看你到家的表现就知道你在学校的状况，你的学习成绩。因为世界上没有无因的果。所谓的粗心其实就是基础知识不够扎实。所谓的借口就是内心不够强大。

近一个月来，每次当我接到你时。虽然已经很晚了，但是你总是跑过来和我们说这说那。说学校里的有趣的事情,说学习中的体会,说自己的失误,并且带有分析和建议。这说明你在学校很快乐。说明你是真正地用心在学。看到你这种状态我的内心不用提有多高兴了。因为你长大了,会自己思考分析问题了。

所有的爱都是为了聚合,唯独父母对孩子的爱是为了放手,是为了让孩子早日独立,作为一个独立的人而成长。因为总有一天你要自己独立。所以我们越早放手越有利于你的成长。

再过12天,你就要开始中考了。也就是说你的初中阶段就只有这12天了。在这个特别的日子里,我要对你说什么好呢。

一、每天至少要有五分钟安静思考的习惯。这五分钟其实就是对以往知识的一个梳理和总结。不然,即使题目做得再多,也只是猴子掰玉米的游戏。在题海面前,你只是一直在做自己会做的题目。而那些不会做的即使复习到了也还是不会。所以每天要安静几分钟思考这些问题。

以前有几次我叫你不要说话,闭上眼睛安静思考,就是为了让你对一天的知识有一个总结,不至于做一些无效的劳动,犯重复的错误。也许因为时间紧,我看你没有多大的坚持。我想你还是要坚持。只要愿意挤,合理安排,时间总是有的。况且,这几分钟的安静确实会收到意想不到的效果。人一静下来,各方面的知识点都会集中过来。这其实就是补缺的。更是一次系统的复习。高效的学习就是有效利用时间。

二、坚持有规律的系统的学习生活。有规律的生活才是张弛有度的生活。在这样的环境下,你的思维才能不断处于敏锐状态。过于紧张或者过度放松,其实都不利于成绩的发挥。这么几天里,如何生活得有规律很重要。千万不要有情绪的波动。现在其实也没有什么可以影响你的情绪。一次考试本算不得什么。考好了,也不要高兴。因为事情都是随时在变化的。考得不好,更不要难过。正因为考得不好,才能使你发现自己知识点的不足之处。如果没有吸取到教训,那才是真的失败。所以无论如何都不要有过于变化的情绪。只有一直保持这种状态,才能发挥出自己真实的水平。而一旦你能发挥出自己的真正水平,你就不会差。生活如此,学习亦如此。

三、这么几天可以做粗细结合的复习。粗的复习，是就看书本的章节，也可以翻得快一些，主要是寻找一些灵性的知识。这也是灵性的阅读。因为我们经常接触，到用时就会有一种灵性，也就是灵感。这是面的思维。细的复习，就是看做错的题目。把这些题目都掌握熟悉，其实也是对自己知识的一大提升。这是点的思维。如果既有点的思维，也有面的思维。这样就不会漏掉知识点。这其实也是在老师帮助全面复习的基础上的自己对知识的融汇贯通，也是一种自己的消化吸收。无论如何这是你自己的一个复习系统。每天可以花几分钟时间，不会妨碍老师系统的复习。况且通过思维的转换也是另外一种高效的复习。

孩子：竞争是一辈子的，输赢是暂时的。这是你人生必经的一个成长阶段。你还记得我对你说的，三年高中，名次比中考前进上千名的都有好几个。因此在内心不要以为此次中考就是一切。只要你努力了，结果并不是最重要的。有时候享受这个过程更重要。所以无论何时要做最好的准备，做最坏的打算。

真爱不言

　　每次回家,母亲总是习惯性地拿出土鸡蛋给我放在旁边。然后就是反复叮咛,走时不要忘记带着。

　　母亲没有读过书,讲不出什么大道理。她对我们的爱总是体现在各种细节里。唯独没有说出一个爱字。

　　如打电话回家时,不论讲什么内容,有事没事,总是要问我们一句:你们都好吧。

　　每次从家回来时,母亲总是要送到停车的操场。告别时也不忘一句:"千万要慢点。"然后目送我的车慢慢远去,直到看不见。

　　每次我回家时,母亲总是说:"你们忙,不要回家了。反正有事情,我会打电话的。"其实我知道,到了一定的年龄,压力是很大的。父亲也已经80高龄了,身体又不好,母亲总是希望儿女多在身边呆一会儿。但是,为了不让我们分心,可以专心工作,总是说家里没事。目的是可以让我们安心工作。

　　有好几次是上班时间去看望。我在家坐了约一个小时。母亲就催促我快点回去。为什么,就是因为怕领导找不到我,要批评我。她打了一个比喻,说以前生产队的时候,总是有人说谁谁又找不到了,谁谁谁又干什么去了。要我千万不要被别人说。母亲不识字,但是把单位比作生产队也是很有道理的。因为其理都是相通的。

　　这里面其实有着多少的爱。

　　后来我逐渐明白,真正的爱是不言的。

　　那些把爱挂在嘴边的,不是真正的爱。真正的爱不是说出许多爱的语言,而是愿意为你做出许多的事情。他不是做了要你知道,而是内心愿意做,为了要你更好。为了你的更好,愿意为你付出很多,默默无闻地付出。

那些无言的爱是为了别人。目的是使对方生活得更好。只要你好,我为你做什么都愿意。而那些把爱挂在嘴边的,目的是为了让对方知道。最终的目的不是爱对方,而是爱自己。目的是为了得到对方,是为了自己。那些谈恋爱时的甜言蜜语,到了结婚后就没有了。

所以真爱不言。

无言的爱是真爱,是为对方付出,出发点是在为对方考虑,是一种无私的爱。而喧嚣的爱是为了自己,是为了得到对方,是一种表面的爱,也是一种自私的爱。

爱是人类的第二个太阳。人类社会离不开爱。如果没有了爱,社会将变成荒芜的沙漠,人与人之间也将变成一幅幅画。那样的社会是毫无生机的。

一个成熟的爱是因为爱对方,而需要对方。所以即使再麻烦,也会因为为对方付出了,而感到高兴。如我们去看望父母,每周都要花费许多时间。现在社会似乎每个人都很忙。但是一想,父母在家就在。如果有一天,父母不在了,这个家也就不成为家,这个大家庭兄妹之间就成了亲戚了,我们的心也没有地方可以安放了。所以感到父母即使老了,也是个宝,也要多去看。

而不成熟的爱,是因为需要对方才去爱对方。所以如果父母老了,就会产生嫌弃感,就会不耐烦。从而使父母对我们产生拘束感,总是有话不敢讲。这就是爱得不够成熟的表现。

我们可以没有别人的爱。但是一个人如果失去爱别人的能力,这个人是很可怕的。

善于爱是一种能力,是一种智慧。

爱需要懂对方。如果不懂对方,一味以自己的方式爱着对方,可能付出越多,对方越累。特别是夫妻之间,懂比爱更重要。因为不是对方需要的,我们给予越多,对方就越会感到累。他怕拒绝了会伤了你的心,然而接收了又使自己感到累。所以对于自己是一种煎熬。

　　我们应该懂得对方需要什么，而不是一味的以自己的喜好去爱别人。如对方不喜欢吃苹果，而自己喜欢。因为爱对方而要求对方吃苹果，一次可能咬牙吃下去，但是次数多了，对方就烦。而自己还以为对方不领情，是没良心。许多夫妻就是这样吵个没完。

　　爱需要格局。格局是一个人的眼光，是一个人关注的事物的层次，利益圈大小，也就是一个人看事情的眼光长远与否。没有格局的爱只能是小智小爱。这样容易造成溺爱。如为了一点小事，孩子吃了亏，就去学校大吵大闹。而一个格局大的人，就会思考解决办法。孩子自己会处理吗？如果会处理，那么就让孩子自己去处理为好。这样可以增加孩子的处事能力，又可以提高其解决能力，还可以使其从中吸取一些教训。当然如果实在处理不了，也是可以在关键的时候解决一下。这只是一个简单的例子。

　　爱需要细节。这与格局似乎成了矛盾。但其实并没有矛盾。有时候人最难做好的是细节。人与人，特别是亲人之间的心是相通的。任何的付出对方实际上是会感觉到的。我们如果能在格局上给予对方以大爱，提高对方的做事境界和能力；又在细节上给予关爱，让孩子知道自己是被爱的，时刻被爱着的。那么孩子的自信心，孩子的爱别人的能力就会提高，孩子在交往中就会无比地灿烂阳光。那么他的审美观就不会出现偏差。而一个人的审美观是很重要的。特别是对于孩子，审美观关系到人生的走向。

　　真爱不言。

　　大爱需要智慧。

至要莫若教子

　　至要莫若教子。这是北宋理学名家程颐提出来的。说明教育孩子对一个人的重要性。

　　今天人们常说,最大的成功是教育孩子的成功。最大的失败是教育孩子的失败。因为教育孩子失败意味着彻底的失败。

　　孩子是自己生命的延续。人若有后,即为不死。孩子是自己肉体生命的延续,更应是自己精神的化身。孩子的成功就是自己的成功,孩子的失败也是自己的失败。孩子就是自己的明天,就是自己精神的延续,生活的延续。

　　人是生产要素中最关键的因素。所有一切要素中,人是最活跃的因素。如果孩子没教育好,就是积累了最多的财富,也是无用的。古语说:"遗子黄金满楼,不如教子一经。"就是留给孩子最多的财富,也不如教会孩子做人的道理。生活中这样的例子很多的,有些人虽然自己事业取得成功,但是因为教子无方,最后老而无依。

　　子不教本就是父之过。玉不琢不成器,子不教父之过。小孩子不懂事,只有教育才可使其成才。古代孟母三迁,就是为了给孩子一个好的环境。一个人从小就好像一块白玉,雕琢成怎样,完全是后天的教育。一个人只有通过教育,才能使自己不断地知事明礼。

　　人只有通过教育,才能融合社会,不断向好的阳光的一面发展。

　　一个人即使自身再成功,也比不上教育孩子的成功。

　　教育孩子是父母一生的责任。

教育孩子自身要正。如果自身不正，就会教而无功。因为以身教者从，以言教者讼。空洞的说教，远不及实际的榜样。如果我们自身行为不规范，没有走正道，我们如何教育孩子走上正道，即使教了也会引起孩子的反感。如果自己整天花天酒地，醉生梦死，不务正业，却要孩子认真读书，孩子内心会产生排斥的情绪。

教育孩子需要点滴的功夫。孩子有自己的判断，我们的点滴言行，孩子都会看在眼里，记在心里。这无形之中形成一种教育的力量。所以要教育好孩子，自己也要不断刻苦努力向上。这其实是为孩子做个榜样，榜样的力量是无穷的。

要让孩子广读圣贤书。圣贤书里尽是人生的智慧，做事的道理。

通过读这些圣贤的书籍，其实就是在和古代的圣贤间接对话，接受他们的人生智慧，从中汲取生命的能量。如果把这些知识都用于生活，可以广开眼界，可以养成宽广的心胸，可以养成独立思考的习惯和柔和善良的人生态度。

我们吃苦耐劳，待人宽容大量，勤劳善良等的美德都可以从圣贤书中学习到。

这其实是人生一笔巨大而宝贵的财富。无论做什么事情，总是和做人密不可分的。一个人如果做人做不好，那么做什么事都不会有好的结果。生活中这样的例子是很多的。因为一个人在世界上没有一件事是可以独立完成的。总是一物关联万物，事事处于各种网中。

而圣贤的书，就是教会我们做人做事的人生智慧，是我们取之不尽的宝库。

读书万卷可通神。我们应教育孩子从小养成读圣贤书的好习惯。

教会孩子精通一门技艺。古语说："家有良田万顷，不如薄技在身。"就是说精通一门技艺的重要性。

社会是个万花筒，每个行业都需要人才。尤其是熟悉行业规律，善于独立思考，能吃苦耐劳，内心善良的人才。

如果我们能广读圣贤书，博古通今，又有广阔的心胸和容人情怀，既有一些自己的专长，又有高尚的人格道德情操，这样的人到哪里都是受欢迎的。

梁启超说：少年强则中国强，少年独立则国独立，少年自由则国自由，少年进步则国进步，少年胜于欧洲则国胜于欧洲，少年雄于地球则国雄于地球。

可见孩子于一家是一个家庭的希望和明天。于一个国家而言，是一个国家的明天和希望。

至要莫若教子。

大学者方孝孺说："爱子而不教，犹不爱也。教之不以善，犹为不教也。"

会不会教育孩子关系个人一生的成功。这是做人是否成功的标志，也关系到自己一生的幸福。

国尤家也，于一个国家而言也是如此。看一个国家有没有希望，就是看孩子接受的教育。教育强则中国强，教育强则孩子强。

什 么 是 成 熟

成熟的果实是甜美的。

成熟的人生是幸福的。

人都希望自己成熟。

然而,什么是成熟?成长了不等于成熟。成长是自然现象,随着岁月的流逝,自己自然而然长大。但是成熟是一种心理现象,是一种历经考验的智慧。

什么是成熟。

善心就是成熟。善心能提高人的阳气。一个人能与人为善,当他做了好事,帮助了别人的时候,他的内心是快乐的。这种快乐是内发的,充满全身的每个角落。与外在的表面完全不同。同时,人如果处处与人为善,他的人缘,就会越结越广,他的路就会越走越宽,他就会越来越成熟。

勇敢面对挫折是成熟。人都有面对困难,面对挫折的时候。一个没有经过历练的人,一个不成熟的人,面对困难和挫折,就会手足无措,怨天尤人,抱怨命运的不济。但是一个成熟的人,他会勇敢地面对,积极地面对。他思考的是如何去化解矛盾,变逆境为顺境。面对困难,百折不挠的人是成熟的人。

不断努力是成熟。世上无难事,只要肯攀登。只要我们肯努力,朝着专一的目标前进,我们就会收获意想不到的效果。一个不断努力的人,他总是乐观向上的。他从来不知道悲观失望。乐观是会感染人的。一个不断努力的人,他会感染到周围无数的人,他会向社会传递着无穷无尽的正能量,教会人们如何克服困难，面对逆境。这本身就是一本教科书。因此这样的人生是成熟的。

一个哲人说，人都有三次成熟。第一次成熟是感觉到自己不是世界的中心。因为每个人都是以自我为中心的。当他感觉到自己不是世界中心的时候，就意味着成熟。世界并不是围绕着自己转的，也就是周围的人，并不是以自己为中心而存在。也许自己在别人眼里什么都不是，根本没有自己想的那么重要，或许本就是可有可无的。这样想就使自己走向成熟。这种成熟一般都是在年轻时。第二次成熟是感觉到，许多事情我们根本是无能为力的。世界万事皆有因缘。许多事情并不是我们努力就能实现的，还要具备各种各样的缘分。我们能做的只有竭尽全力做自己所能做到的，但是结果要看机缘，这就是成熟。这种成熟出现在我们碰到困难和挫折的时候。第三次是知道自己无能为力，还在不断努力。这样的人才是伟大的。因为他相信自己的努力，他相信专注的力量，他坚信办法总比困难多，他坚信只要去走总会有路。这种成熟是人生的大成熟，是智慧的成熟，是真正的成熟。

如何使自己人生不断走向成熟？

首先，不以自我为中心。一个人如果什么事都坚持以自我为中心，他就会鼠目寸光，看不到这个世界。人也会变得特别自私自利。他看到的只有自己的利益，自己局部的小利益。他的世界只有小我，没有大我和忘我。因此他也不会走太远，他得到的也只是局部的小利益。一个人只有把自己的心不断放大，做人的格局才会不断变大，才能看到整个世界。当一个人的世界观，一个人的格局不断变大的时候。他其实也是在走向成熟的时候。

不停止地学习。任何人停止学习就意味着衰老。只有不断学习，从书本中吸取营养，才会不断壮大自己的身体和灵魂。学习使人进步，学习使人成熟。当然这个学习包括书本学习和生活的学习。因为学习是无处不在的。也就是我们看到好的就可以去学。对有些人来说生活就是学习。在学习中自己会越来越强大，也会越来越成熟。

一个不停地学习的人，就是不断成熟的人。

从不骄傲自满的人。谦虚使人进步,骄傲使人落后。骄傲的本质是无知,越能有智慧的人越是谦虚。因为世界很大,我们越是学习,越是感到自己知识的不足。相反,那些无知的人,那些狂妄的人,才会一有成绩,就沾沾自喜,狂妄自大看不起别人。

其实人认识世界,本来就是盲人摸象。不管多么努力,结果还是无知。只不过是大无知与小无知的区别而已,总体还是无知。因为世界是无穷无尽的,越学习越会感到无知;越是不学习,越是感到自己什么都懂。所以骄傲的人本质上是无知的。骄傲的人也是不成熟的一个人。只有谦虚的人才是成熟的人。因为谦虚就会好学,好学就会进步,就会使自己懂得更多,就会走向成熟。

成长是加法,是年龄的加法,是人的自然现象。

成熟是减法,是人生的减法,是人的心理现象。

人生的成熟是从失去开始的。在一次次的失去中,我们认识到有些事情我们是无能为力的。同时我们的心也不断变得强大。我们的人生也不断变得成熟。

什么是善

人人都在讲善,但都不知道什么是善。因为善没有确切的定义。

有时候,心是善的,但行为是恶的。如小孩子顽皮,父母打小孩子。这种行为,看起来是恶的。但是因为其发心是善的,是要小孩以后改正,不犯同样的错误,所以不能算是恶的行为。

因此看待善恶,有一句话很有道理,叫作我们"只看善恶意差别,不看善恶相大小"。也就是善恶看心不看行,是看目的和发心的,是透过恶的现象看到善的本质,或者透过善的表面看到恶的本质。善恶是看本质,而不是看表象的。

那么什么是善?

公心是善。干什么事,如果出于公心,就是善的行为。不求事事公平,但求出于公心。有时候,要做到公平真的很难。因为平等并不等于公平。因为人的贡献有大小,能力也有大小。如果一味强调平等,实际上会忽视个体贡献的差异,也是不平等。

但是无论如何,如果是出于公心的,还是可以认为是善的。如果是出于私心的就是恶的行为。因为出于公心可以做到举贤不避亲,也不避仇;可以做到外举不避仇,内举不隐子。

包容心是善。世间万物,总有不容己者。总有与自己意见、见解不同的。世界有尽,形态无穷。我们如果有一颗包容的心对待世界,就会和谐很多,就会减少许多的争斗。因为只有善的人才能有宽广的心胸,容得下别人对自己的不同见解,甚至打击。有时甚至公理明显在自己一方,也要包容对方。这需要善,需要胸怀。

敬业心是善的。一个人如果对自己的工作,对自己的事业兢兢业业,毫无怨言地做好本职工作,也是善的。因为人都有好奇的心理,都有一种喜新厌旧的本能。对自己的工作,没有几个人会毫无怨言,任劳任怨。

这些其实都是比较抽象的概念。如何在生活中看待一个人的善与恶,是一门艺术。

看他言行是否一致。有些人讲起来头头是道,仿佛自己就是救世主,是善良的化身。但是一到关键时刻,总是人影也不知道哪里去了,总是有各种的理由去逃避。

这种人,他的发心就有问题。他说的好其实是为了博得一个善的好的名声,但是却又不肯为此而付出,往往是口是心非。高调唱得很响,但实际却是嘴行千里,脚在原地。这种行为,因为发心本就不正,所以是恶的。无论从哪一方面说,无论是从心方面还是从行方面。

看他心口是否如一。我们的话是表达心里意愿的。也就是说,心里想什么,是通过口表达出来的。但是有些人明显的属于心里想的与口里表达的不是同一个意思。因为其口里的自己太伟大了,太崇高了,以至于比圣人还高大。

如一个人老是说自己如何地帮助别人。在朋友有困难时,给了谁几十万。如何地轻视钱财,如何地仗义为人,如何地轻视名誉。一切都是比圣人还要高大的。这明显让人感到不可信。因为其在朋友圈中吝啬是出了名的,老是想有没有把自己的利益放在第一位。这样的人,如果不是天天喊自己如何为善,还是可以原谅的。但是他又天天喊着做人如何慷慨,目的就有问题。

是否始终如一。看人要看后半段。有些人,只看前半部的人生,可谓大善之人。但是却在后半段走向了反面。这样的人,其实其前半段只是为后半段做一个铺垫,目的也是恶的。如汪精卫也曾是个有志青年,曾为刺杀袁世凯而闻名。但是结果却在关键时期,走向了反面,成了历史的罪人,民族的罪人。

　　还有历史上的王莽。一生低调，谦虚。在人生后半段却夺取汉朝政权，建立新朝。如果没有最后的行为，就可以说他是个善人。所以历史上有"周公恐惧流言日，王莽谦恭未篡时。向使当初身先死，一生真伪复谁知"之说。

　　生活中也有这样的例子。做一件事，他们起初很是积极。但是当他的利益满足不了时，态度便完全两样，甚至从中作梗，因为他的动机就是不善的。

　　善恶自古就是高难度认定的一件事。只因虚虚实实，实实虚虚，往往看得人眼花缭乱。一件事有人说是善的，有人说是恶的，是坏事。世界、人生就是这样的。如果我们一味地以别人的标准来要求自己，那么可能就永远也做不了自己。

　　我们要做的是出于公心做好自己，对别人尽可能抱有宽容心；尽职尽责做好本职工作，少发牢骚。因为做好自己的工作也是一场修行。

生活就是共处

　　生活就是与人相处。相处得好,生活就好。相处不好,生活就不好。

　　人与人相处是一门艺术。这门艺术处理得好,人就四处受欢迎。如果处理不好,就没有一个好人缘。好人缘是一笔巨大的财富。它是一种看不见的力量,影响人的生活。

　　人首先要学会与自己共处。

　　人只有与自己共处才能达到最佳状态。一个人与爱人或者朋友都不可能处于最好的状态。因为一个人只有在内心不断调整自己的心态,不断学习知识文化,才能明白做人做事的道理,才能真正克服缺点,才能使自己的人生不断走向成熟。一个人只有与自己相处好,才能与社会相处好。一个人如果与自己都相处不好,身心处于分离状态,内心充满不满、愤懑、仇恨、嫉妒这些负能量,那么这样的人是不可能与人相处得好的。

　　与自己共处就是使自己内心处于安静的状态,知足的状态。一个人如果处于这种状态,他看世界的眼光就是温和的,他能处处感受到生活的点点滴滴的幸福。

　　人与自己如果不能和平共处,他就不可能与社会,与自然处于和平的状态,也就不可能有幸福的生活。与自己和平共处是基础。有了这个前提,才能与他人,与自然处于和平状态,才能使自己不断走向幸福。

　　其次要学会与社会共处。

　　人是社会的人。人生活离不开社会。一个能与社会共处的人,他低调做人,谦虚做事。他在成功的时候不张扬,在失败的时候不气馁。因为他坚信所有的成功与失败其实都只是暂时的现象。成功不一定就是自己的能力大，或许靠的是各方面的机缘巧合。失败不一定就是自己不够努力，或许是因缘未具足。他的心中有始终如一的坚定的人生大目标。他尊重别人而不忘记自己的尊严。他干什么都有自己的度。

世界因情感而复杂。一个人如果没有一个好人缘，做事不可能成功。因为所有的做事最终还是表现为做人。做人是做事的前提。人做不好，四处遭人讨厌，干什么亏什么。

人不能与他人共处，就不可能有成功的事业和人生。

再次要学会与自然的共处。

人是自然的一部分。自然可以离开人。但是人离不开自然。

但人又是自然界中最为活跃的因素。世界因人而富有活力和丰富多彩。人与自然的关系，应该是和谐协调的合一的关系。我们人作为其中的一个部分，不能过分地突出自己的作用，也就是不能为了人类自身的利益而对自然过度采伐。恩格斯说人类对自然的任何过度采伐，都会遭到报应。

人类欢呼征服自然之时，也就是遭到报应开始之时。

人对自然只能在顺应的基础上做些改造，而不能过度去征服。

生活就是与自己的共处，与他人的共处，与自然的共处。

与自然共处，不应该掠夺自然。王阳明说存天理，灭人欲。我们维持生存的需要就是天理。我们追求过度的享受就是人欲。如我们每天要吃饭，就是天理。因为这是人最基本的生存需求。但是如果一定要追求高档次的享受，追求那种极端的炫富型的享受就是人欲。因为这不是人基本的生活需求。

同样我们如果为了表现自己的富有，而去购置大量的豪车，追求高档次的生活等这种根本不适用的消费，就是与自然没有处于共处的状态。因为钱是你个人的，但是资源却是社会共有的。过度消耗大量的资源，其实是和社会没有处于共处的状态。因为资源毕竟是有限的，现在的一些极端的天气就是人对资源总体破坏的结果，所以人对自然不应该是掠夺的。

与别人相处不傲慢。人都有一种我慢的心。就是都认为自己是对的，

认为自己没有受到足够的重视。所以人容易产生我慢的情绪,轻慢别人,也
就是看不起别人。

实际上这是一种很不好的又难以克服的现象。因为看不起别人,就会
忽视别人的意见,就会态度冷淡,就会忘乎所以。

一个人有了我慢之心,就不会团结周围的同志,也就不会有一个好人
缘,也就不会有什么成功。因为骄傲的本质是无知。一个骄傲的人本质上
是知识的缺乏。真正有才能的人都是谦虚的,都是低调的。

与自己相处要喜欢。蔡元培说:要有良好的社会,要先有良好的个人。
良好的个人需是喜欢自己的人。一个人只有喜欢自己才能喜欢别人,才能
享受生活,才能充满正能量。一个人如果连自己都不喜欢,不可能会与别人
相处得好,传播的也都是负能量。

喜欢自己的人是对自己负责任的人。自我宽恕与原谅他人同样重要。

学会共处就是学会做人。

学习做人是一辈子的事。

生活处处有诗意

周末独自一人在家，一碟咸萝卜，一瓶啤酒，一碗米饭，细嚼慢想，竟然越吃越有劲，还品出了人生的乐趣。这也是诗意的生活。其实，只要有心，生活处处有诗意。

然而，我们总是习惯性认为，诗意应该是在远方。眼前的生活只是苟且，而诗意总是和远方紧密相连。一句时髦的话就叫作"生活不仅有眼前的苟且，还应有诗意和远方"。

世界那么大，先过好当下的日子，就是诗意。如果安顿不好自己的心，到哪里都没有诗意。所以说"一切佛法，自性具足"。

其实也可以说，有心生活，处处诗意。

什么是诗意？

适合自己的就是诗意的。每个人都有自己的特点。如果适合自己的特点，做起事情来就不会感到累。同时还有利于发挥自己的优势，可以开创性地创造发明。一项工作如果不适合自己，就会感到无穷的压力，内心就会痛苦不堪。当然我们尝试不同的生活方式，增加人生的阅历是好事。人生拥有越多的第一次，就说明他的人生越是丰富。但是一旦作为一种生存的方式，背负着自己不熟悉的而非要完成的任务，这种压力就会时刻压迫在自己身上。人在这种压力下，就不会有诗意的生活。因为人的生存永远是第一位的。在生存受到威胁的前提下，一切的美好都无从谈起。

但是对于一个喜欢挑战性工作，悟性又特别高的人而言，这种压力是有必要的。它可以化为动力，可以促使自己成长。对于他们而言，平淡的生活会压抑他们的创造力。所以适合自己的就是诗意的。宝玉如果用来铺路，可能就不如石子。科学家用来当小工，就不如农民工。就是这个道理。而有时候这种事情是经常有的。

内心有强大目标的就是诗意的。一个人如果内心有了强大的目标，并且一以贯之地努力，他就会想尽办法去克服前进道路上的一切困难。并且不以为苦，反以为乐。因为人的所有的快乐，到最后其实都是精神的快乐。这是精神对物质的胜利。一位哲人说"当我们有了明确的目标时，全世界都会为我们让路"。确实如此，对于强大的精神力量者而言，所有的困难其实都是促使自己成长的动力。在克服一个又一个困难中，自己的精神力量得到了极大的提高。所以可能在别人眼中是痛苦的，但是在智者，在强大目标的人眼里，这一切都是享受，都是诗意。

内心满足了就是诗意。一个人如果内心满足了，他就会对世界充满感恩心，他就会和谐、友好、安静地对待周围的世界。生活对于他而言，是美好的，是值得珍惜的，也是十分留恋的。也正是因为这种感恩心，留恋心，这种满足感，使他的内心十分平和，他就会不断发现生活中的快乐，善于从小事中发现、提取人生的意义。而智者与凡夫最大的区别就是能否发现生活的意义。以及从小事中找到生活的意义。一个从不满足的人，即使拥有整个世界，他还会叫苦。他会说整个宇宙怎么就只有这么大。而一个容易知足的人，即使拥有一点点别人认为微不足道的，他也会感恩世界的成就，感恩别人的付出。

因此一个人内心满足了就会有诗意的生活。

如何拥有诗意的生活？

简单的生活。一个人如果要求多了，就不会有诗意的生活。因为要求多了，内心就会变得复杂多变，因此不可能享受到那种从容的，淡定的，诗意的生活。一个着急的人，是发现不了美的。一个内心被欲望填满了的人，是发现不了危险的存在的。更何况是美。而一个眼中没有美，心中没有美的人，是发现不了世间的美好的。一个发现不了美好事物的人是不可能过上诗意生活的。

要有高远的境界。有高远境界的人,过着诗意的生活。因为一个人如果境界高远,目光远大,就不会执着于眼前的小事。因为人总是生活在小事中。不论是一位满腹才华的哲学家,还是一位世界著名的科学家,他的日常生活也是由无数的日常小事组成的。

美是由距离产生的。我们日常认为的好事,一旦走近了看,就可能完全变了味,甚至是肮脏不堪的。因为分别用审美的眼光和实用的眼光看事物,会得出完全不同的结论。

所以为什么许多杰出的人物,他们的感情生活并不幸福。因为在做学问上有天赋,但是他们缺少高远的处事境界,所以享受不到诗意的生活,所以生活不会幸福。

要有和合的理念。许多事情不是我们人力所能的。有时候,即使我们努力了,还是由于各种外来的条件没有具备而无法实现。所谓万事在缘不在能。作为普通人,我们只能去适应环境,然后在此基础上去对面前的小环境做有利于人的改造。在这个过程中就需要和合各方的关系,包括自己的内心平衡,要求得不到满足后与周围如何相处等等都需要和合。如果没有和合的理念思维,就容易自暴自弃,就容易走向极端。极端不可取。

只要内心富足了,生活处处是诗意。

感受生活的细节

生活中，轰轰烈烈的大事毕竟是少的，大都是平凡的细节。

一个人的一生中，最能引起人的回忆的，也是一些细节。9·11事件以后，一个幸存下来的妇女回忆说，对丈夫，最多的回忆，就是每天晚上，丈夫推着自行车进门的情景。

美好的生活是由美好的细节组成。

因此感受生活其实也就是感受细节。

能不能感受生活的细节，对一个人来说，幸福指数是不一样的。

感受生活的心，需要的是联系的心。事物是普遍联系的。感受就是联系，就是由此及彼。而世界是普遍联系的。当我们拿起任何一样东西的时候，其实我们背后联系的是整个世界。世界就是这么个网。我们都是网上一个点。所以任何一件事，其背后都是无穷大。所以一个能感受生活的人，具有广泛的普遍联系的心。

感受生活的心，需要的是感恩心。一个人如果能够把任何一件事和整个世界联系起来，那他内心应是相当丰富的，也肯定是善良的，而且是一种强大的善良。不是那种懦弱，目光短浅的，自私自利的人。那样的人是看不见昨天的，也是看不见明天的。因为他的眼中只有现在，只有自己。他看问题都是孤立的，因为孤立，所以看不到美好，所以经常抱怨，对社会抱怨，对周围抱怨。

而一个能普遍联系的人，他就会感觉到自己的一切，得来得不容易，就会感到自己得之世界太多了，就会生出感恩心。

感受生活的心,需要满足心。一个人只有对生活感到满足了,才有心思去感受生活的细节。如果永不满足,永远也不会有感受的心。因为他的生活永远处于攫取状态,他的心也处于攫取状态,而攫取的心是永不满足的。因此他也是不会去感受生活的美好的,也是不会去感受生活的细节的。

生活的美好都是由细节的美好组成的。能不能感受世界的美好,显示着一个人的生命的状态。而决定一个人幸福不幸福,快乐不快乐时,最大的因素不是财富地位而是生命的状态。当一个人生命状态处于去感受世界,心怀感恩时,他就是幸福的,就是快乐的。而当一个人的生命状态处于不满、抱怨、愤怒的时候,他永远是不幸福的,不快乐的。

学会感受生活的细节,需要一颗安静的心。

一个人只有安静下心来,才能感受出生活的点点滴滴。感受哪些人帮助了自己,感恩与人相处的点点滴滴、自己成长的方方面面。我们看世界,如果心不安静,就没有一个立足点。没个立足点,那我们的心永远是浮着的,是飘荡的。飘荡的心,看什么都是走马观花。不仅看不到事物的表面背后的本质,而且连现象都是看不清的,更不用说去感受。如在酒桌上,我们看起来热热闹闹,但酒席散了之后,面对杯盘狼藉的餐桌,内心可能感到更加荒凉,更多的是失落和孤独。通过热闹看不到世界,感受不到真正的美好。只有安静方显从容,方能感受生活。

当我们静下心来的时候,我们可以喝出开水的甜味,品出阳光的味道。我们不断地、慢慢地品味咀嚼着的青菜,可能越是咀嚼越是感到香甜。这里面,就有心的感觉,心的感受,能感觉到阳光的味道,空气的味道。任何一件事物如果没有心的参与,难以有真正的建树。

要有一颗包容的心。生活是个大杂烩,有好事也有坏事。我们的心就是容器。如果我们缺乏包容的心,我们就可能只看到负面的坏事。如果我们坏事看多了,感受多了,就是一种负面的能量。生活中谁都不能事事如意。这也是同样一个世界,同样一种生活,为什么有些人看起来阳光灿烂,有些人愁眉不展,有些人四处感恩,有些人四处结怨,分别就在于有没有一颗包容的心。有一颗包容的心,他看到这世界的光明面,他感受到的也是光明的美好的一面，所以，他的世界就充满感恩。

要有一颗强大的心。没有一颗强大的心，他的心随环境的改变而改变。人说好，他就感觉到好。人说坏，他就感觉到坏。他的人生永远是随着别人而转的。而一颗强大的心，他对世界的态度是不变随缘，随缘不变。也就是说，他对世界的感恩心，利他心是永远不变的。而要怎样地帮助别人，成就别人。帮助他人的心是随缘的。

有了这样的一颗强大的心。他对世界，对周围环境的态度是不会随着环境的改变而随意改变的。这样，他感受的往往都是温暖的世界。

人最难做好的是细节

天下大事，必作于细。所有的大事情都是由小事情组成的。

但小事情又最容易被忽略、被忘记。

我们检查一项工作准备得怎么样，除了听汇报以外，看看细节准备得怎么样就知道了，因为人最难做好的是细节。

细节最容易被忽略。人们往往看重的是大事，是重要的事，往往认为小事情是无足轻重的，无关紧要的，是不影响大局的。因为它决定不了大局，影响不了大局，所以我们眼光看到的，我们所注重的，往往都是一些认为的大事情。因为大事情影响大，容易被别人所关注。而一旦大事情做不好，就可能影响全局。就如行进的方向，方向错了，一切就错了，这是大事情。所以大事情常被人看到，不容易被忽略。

有时候就是看到了，细节也容易被忽视，因为认为是无关紧要的。细节决定不了大局，所以我们会忽视其存在。相对而言，大的就不容易被忽视。因为我们眼睛总是先看到大的。这是人之本能。所谓大礼不拘小节，行大事可以不拘泥于小事。

其实细节很重。有时候可以决定成败。

一艘巨轮的沉没，可能就是从一颗小的螺丝松动而没有拧紧开始。因为一颗螺丝松了，慢慢就掉了，掉了就影响周围的甲板，甲板松动，海水就会进来。这时如果不及时发现，就会出大问题。

一场战役，指挥官重要，炊事员也重要。如果炊事员不烧好饭，大家吃不饱，就没力气战斗。

　　1485 年,英国国王理查三世要面临一场重要的战争,这场战争关系到国家的生死存亡。在战斗开始之前,国王让马夫去备好自己最喜爱的战马。马夫立即找到铁匠,吩咐他快点给马掌钉上马蹄铁。铁匠先钉了三个马掌,在钉第四个时发现还缺了一个钉子,马掌当然不牢固。马夫将这个情况报告给国王,眼看战斗即将开始,国王根本来不及在意这第四个马蹄铁,就匆匆赶回战场了。

　　战场上,国王骑着马领着他的士兵冲锋陷阵,左突右奔,英勇杀敌。突然间,一只马蹄铁脱落了,战马仰身跌翻在地,国王也被重重地摔在了地上。没等他再次抓住缰绳,那匹惊恐的畜牲就跳起来逃走了。一见国王倒下,士兵们就自顾自地逃命去了,整支军队在一瞬间土崩瓦解、一败涂地。敌军趁机反击,并在战斗中俘虏了国王。国王此时才意识到那颗钉子的重要性,在被俘那一刻痛苦地喊道:"钉子,马蹄钉,我的国家就倾覆在这颗马蹄钉上!"这场战役就是波斯沃斯战役。在这场战役中,理查三世失掉了整个英国。

　　小小的细节可以决定一个人,决定一个国家的成败。因为世界万事万物都是相互联系的,也是时刻变化的,万物助长于一物,一物又关联着万物。

　　一个人要养成细心的习惯。如果不细心,细节容易被忽略。细节总是隐藏着的。我们是看不到的。但是我们如果专心致志,细心工作,细心生活,总能发现被忽略的、被忽视的那些细节。一个细心的人会考虑到事情的方方面面。一个细心的人也才能看到事情表面的、背后的问题,也就是被忽略的问题,而这就是细节。

　　一个人做事认真仔细的习惯如果养成了,他考虑问题的思维,就会全面周到,考虑到每个人的感受,从不同的角度分析事情,就会把大事情分解成小的事情。所以细心是一种习惯,是一种好的习惯。细心的人才会重视、发现细节。

　　一个团队要养成认真负责的习惯。一个团队,人在一起不是团队,心在一起才是团队。一个团队只有人人认真工作,人人负责任,才能够起到有效的沟通作用,效率才能不断提高,细节才能够不被忽略。因为任何团队中,总存在这样那样的问题。如人与人之间的衔接,科室之间的对接。如果一个人不认真负责，就可能出差错。而这种差错，一旦造成，损失可能是巨大的。它的造成原因，可能就是平时一个不好的小习惯。或许就是一句话，一个沟通而已。这些都是细节，但可能决定全局。

对于一个国家一个地区而言，它的细节表现为对弱势群体的关怀。如果一个地区，高楼大厦林立，一片繁荣景象，但是弱者得不到关怀，其实就是细节没做好。因为只有弱者安宁，社会才能安定。而所有的一切都是表面现象，只有人的关怀才是根本的。如果缺乏对弱势群体的关怀，这样的城市就是细节没有做好，也是缺乏温度的城市。这样的发展也只能是暂时性的。因为人是最重要的。

一个地区如此。国家亦如此。

<h1 style="text-align:center">做好事需要智慧</h1>

助人为乐是中华民族的美德。

但是，做好事需要智慧。如果缺乏智慧，或许会好心办坏事，或许根本就是助纣为虐。

做好事需要判断。是非好坏本难判断。好坏并没有统一的标准。所谓是非好坏，除了触犯法律的，其他的是非恩怨完全是个人的见解，并没有统一的标准。魔鬼往往是以天使的面目出现的。如日本侵略中国，就是以解救我们中华民族的口号来鼓舞本国人民的。所以那些受欺骗的国民源源不断地走上侵略中国的战场。他们在进行武力的战场之前，专门组建了一支部队，叫作笔部队，专门从事宣传美化侵略工作。所以日本人民是很相信他们的。

这个判断就需要智慧。

做好事需要时机。有时候，并不是别人有困难就需要帮助。或许许多事情本好解决，但是由于别人的缺乏智慧的所谓"好事"，反而不好收场。有一对十几年的夫妻，为了一件小事在吵嘴。谁也不认输，一个说要么就离婚。另一个说，离就离。于是就吵。隔壁邻居听到后，为了帮助他们，叫来了他们许许多多的亲朋好友，前来劝说。在这种情况下，双方越发吵得起劲。因为为了证明自己是对的，结果越劝说越吵。夫妻吵架就是这样，劝说的人越多，越是停不下来。结果差点真的离掉了。

但毕竟是十几年的夫妻了，感情其实都是很深的，已经转化为了亲情。孩子也已经八岁了。最后，妻子对那还在忙里忙外的邻居说，不要再给我们添堵了。你再热心下去，我们真的要离了。这个时候这位好心人才在朋友的劝说下离去。

做好事需要对象。东郭先生和狼、农夫与蛇的故事都告诉我们做好事要看对象。帮助了坏人等于打击了好人。东郭先生把"兼爱"施于恶狼身上，因而险遭厄运。农夫救了蛇，反被蛇咬。这些虽是寓言，但却有很深刻的人生道理。故事告诉我们，即使在人与人的关系中，也存在"东郭先生"式的问题。一个人应该真心实意地爱人民，但丝毫不应该怜惜狼、蛇一样的恶人。如果不分好坏，加以帮助，有时候就是犯罪。在现实生活中这样的例子是很多的。

做好事这么难，如何做就成了一门学问。

对事情有一个较为全面的认知。做好事需要理解经过。不能只知其一不知其二，就加以帮助。在确定别人需要帮助的情况下，才可帮助。如果别人自己有能力解决，那就不要帮。帮助别人首先要以保护好自己为前提。

所谓对事情的全面了解，指的是对事情的前因和后果，来龙去脉有一个大致的了解。这样就不会添堵，或者是帮倒忙。如果别人自己能够克服，我们根本就不需要去做好事。没有分寸感的好人只会给人添堵，或者是帮助坏人。

对常识要有一个了解。对生活缺乏常识，容易犯错误。例如东郭先生救狼，例如农夫救快要冻死的蛇，都是因为缺乏对生活的常识的了解，反而以为自己是在做好事。如今天对一些侵略者，对一些明目张胆的骗子，对一些坏人的帮助，其实我们很多时候就是东郭先生，就是那农夫。如果我们对生活的常识有一个大概的了解，就不会犯这种常识性的错误。尽管，那受伤的狼也装得很可怜，但是常识会告诉自己，狼的本性是不会改的，自己是不能帮助它的，帮助它结果只会害自己。

对事情要有一个反思。生活就是那些人那些事。我们每天都在经历一些事，碰到一些人。我们应该对每天的事情都有一个总结和反思，这样就不会稀里糊涂不知道到底是帮助了好人，还是成就了坏人。

人类在总结经验中前进。人不怕犯错误，就怕犯了错误而不知改进。

就怕没有在错误中吸取到教训，从而一味地犯下去，还认为自己是在做好事。这才是最危险的。所以我们应该不断反思，不断总结，不断提高。提高自己对事情的处理能力，提高自己对常识的理解能力，提高自己对矛盾的发现化解能力。这样做的好事才是智慧的好事，才是别人需要的好事，才是受人欢迎的好事。

做好事需要智慧。提高做好事的智慧其实就是提高做人的智慧。因为美德即智慧。只有智慧的好事，才是受人欢迎的好事！才是别人内心需要的好事。

这是一门大学问，也是一个人一生的学问。

每一粒种子都有一个愿望

　　院子旁边,有一株小草,长在人行道板的中间。不是道板与道板之间,而是一块道板中间的小小的间隙里。我惊叹这株小草生命力的顽强。这需要具足多少的因缘条件。

　　就那么一个小小的空隙,一个小洞,小草就从里面钻出来了。不过或许这里本不是一个小洞,而是小草的力量,生长的力量使之冲破阻力,成为了一个生长的空隙。

　　后来经常看到朋友徐永恩在微信圈里发的,在岩缝里,门窗上,屋檐下等一些想不到的恶劣环境下,生长着的花花草草。这些形成了系列,命名为坚硬的生命。

　　我们如果留心观察,自然界中这样的例子是很多的。许多种子就在我们意想不到的恶劣的环境下,生根发芽结果。

　　这是因为每一粒种子其实都有一个愿望,都有一个内在的成长的欲望。都在寻找自己成长的条件,寻找适合自己成长的阳光、水分和土壤。

　　只要各种条件已具备,内在的力量就会马上得到爆发,就开始寻找新的生命,并且努力地生长着。

　　种子本身就是生命的延续。

　　开花结果,然后种子再延续下去,这本是自然界植物生命延续的一个过程。

　　只不过由于各种原因,这粒种子没有落在合适的土壤里。而是落在了岩缝里,落在了屋檐下,落在了人行道板的中间,落在了人们意想不到的艰难困苦条件下。

但种子发芽的心没有变。因此,当有泥土,哪怕是灰尘,阳光,水分等等条件具足时,就开始生长。

种子之所以能在这么艰苦条件下成长,主要因为自己有一颗成长的愿望。如果这粒种子是煮熟了的,内心没有这种欲望,就是落在肥沃的土地上,也是难以成长的。只有内心有了强烈的愿望,才能在合适的时机得以成长开花结果。

心若在,梦就在。这句话也适合种子。

面对那一株株坚强的生命,我想,植物如此,人又何尝不是如此呢!

每个人都有成功的潜力,都有成圣成贤的可能。

古语说:人皆可为尧舜。只不过被物欲名利所累,在名利的追逐中逐渐丧失自我。我本轻松,被欲所累。

真正的灵性,是使自己成贤成圣之心,成为尧舜之心,不断地得到成长。克服自私自利之心,物欲心,比较心,从而不断发挥自我的灵性。

一个人只有自己的灵性得到发挥,才能不断地找到精神的家园,不断地快乐自己的人生。

一个人如果内心不想做,就是外在的条件最好,也是难以改变的,也是难以成功的。因为内因是基础。

相反,一些人在外在条件非常艰苦的情况下,就好比那颗落在岩缝里的种子,他们内心有强烈的向上生长的欲望,所以能自觉地克服很多的困难,最终走上人生的正道,取得生命的辉煌。

当然,不是每个人都能在艰苦的条件下成长起来的。有些可能经不起打击,就倒下去了。如同一些没有长出来的种子一样。

要在艰苦条件下成长起来,需要广读圣贤之书。我们多读这些书,加以思考消化,是直接吸收他们的做人做事智慧和处事方式,这是促使自己业务提高、进步的一个好方法。

多接近有道之士。有时我们想不开,智者的几句话,可使我们茅塞顿开。

因为智者是善于学习，善于思考，善于分析，善于总结之人。

智者一言，价值千金。

与智者交心，分享智慧，是人生一大乐事。

读万卷书不如行万里路。行万里路不如高人指路。

多一些总结提炼。我们如果观察会发现，一些平凡的生活中，往往蕴含着人生的大道理。

能从平凡的生活中提炼出人生的道理的人，就是智慧的人。这样做自己的智慧就能源源不断地得到开发。不过这种锻炼能力需要培养，这种培养方式除了多读书多接近贤哲之外，还离不开自己的独立思考。

只有经过独立的思考分析，得出的结论，提炼出来的道理，才是接地气的人生道理。自己的人生智慧也才能不断得到开发。

每一粒种子都是一个愿望。

这种愿望表现在人身上就是自己的理想。每个人都有自己的理想。

愿我们的理想在读圣贤书中，在智者的教诲下，在自我思考总结中，得以实现，而不是在碌碌无为中消失自我。一个没有自我的人永远活在别人的世界里，那是没有自己的生活。

小事折射文明

　　大雨过后，想去菜地看看。半路上，迎面来了辆电瓶车，开得飞快，因为路边坑坑洼洼，溅了我一身的泥，然后头也不回飞快而去。

　　后面的房子装修，产生大量的建筑垃圾。本应该装袋，为了偷懒，就直接往下面倒，结果弄得尘土飞扬。周围好几幢房屋都像起大雾一样，引来旁人怨声载道。一会儿，开小店的就说了"注意点影响，灰尘太多啦"。

　　在红绿灯旁，经常可以看到，右转弯的车道，被电瓶车、摩托车占领着。任凭后面的汽车，如何地按喇叭，就是不动。

　　所有这些小事情，其实反映出一个人的文明素质、教养，反映出他们缺乏一种为他人着想的成熟。一个人如果能为他人着想，为后面的人，为下一个人，为周围的人想一下，就不会考虑单单自己的利益。

　　就从那个骑电瓶车的说吧。如果考虑到水要沾着别人，给别人的生活造成麻烦，就不会贪图自己的方便，踩刹车慢一些就好了。然而毫不减速，自己方便了，结果弄了别人一身的泥。叫我想想，如果我这样我是感觉对不住别人的。而他是不会这么想的，就为了贪图一时的方便。

　　再如后面那个丢垃圾的，如果考虑一下漫天飞舞的垃圾尘土会对周围人的影响，就不会这么随意倾倒了。右弯道停车也是一样，如果考虑到后面的汽车，后面的人要通行，就不会这么随意了。

　　这种事情其实都是缺少一种为别人着想的善良。也许他们都是有文化的人，也许是受过高等教育的人。但是文化不等于文明，教育不等于教养。文化是知，文明是行。教育是知，教养是行。一个人的知与行，永远是有距离的。一个有文化的人,可能会做出很不文明的事。一个受过高等教育的人,也可能会做出很没教养的事情。

这就好比一个修行人,光在那里念佛,在那里学习佛经。就是把佛祖的话全部读背,也还是开不了悟,成不了佛。因为要靠自己去修去做。去修去做的时候,知识就是内化为自己的思想,在潜意识中接受,转化为不知不觉的行动,形成一种习惯的这么一个过程。就是说,知而不信,等于不知。行而无愿,等于没行。

一个人要把文化转化为文明,教育转化为教养需要一个过程。

需要一种氛围。人是环境的产物。如看见别人都右转弯停车,闯红灯,公共场合大声说话,随地吐痰,就是一个有文化的人,可能也会随地吐下去了。但是如果,社会氛围好了,有几个人,即使闯红灯,也会受到别人的指责而改变。我们可以通过加大宣传教育与处罚力度的方法加以重点整治。因为这种小事,于个人而言,影响的是个人的文明与素养。但是对于一些人而言,反映的是一座城市的文明程度。

需要一种文化。文化的目的是化人。化人,就是改变人,影响人。改变人的价值观,改变生活方式,改变人的思维方式,这都需要文化去化。

一种文化如果化不了人,就只能是从课堂走向课堂,永远没有生命力。我们的天台山文化,如果不能在改变人的思维、影响人的生活方式上有作为,就永远也走不出天台。我们的和合圆融的文化,我们的宗族文化,如果不能在现代生活中发挥作用,就毫无意义。

如何发挥作用?要以通俗易懂、简单明了的方式,向群众讲解。通过讲解,通过切合生活实际的讲解,真情实感的讲解,使老百姓知道,什么该做什么不该做,这就使天台山文化活化起来,从而发挥了文化化人的作用。这也是对文化的保护,因为生活化是对文化最高层次的保护。

需要一定的时间。人的习惯一旦形成,就会形成一种恒定性,要想改变,需要教育,需要学习,需要因缘,更需要时间。

文化的事急不来。当我们通过不同方式的宣传教育讲解,使老百姓内心真正地接受传统文化,真正地接受教化,形成文化的认同力量,他们的内心就会改变,就会树立起自己的美丑观,就会不断弃恶扬善,内心就会非常的平和,自然而然地就会接受美的、好的。

到了这个时候,就是社会的大美,文化的大认同。所以需要一定的时间,需要绵绵用力、久久为功。

小事折射个人文明,也反映一座城市的文明。我们需要通过不同的方式,化文化为文明,变教育为教养,从而使我们的文明程度不断提高,大文明的氛围不断营造,大和谐的社会不断实现。

注意感兴趣的小事

生活中经常有自己感兴趣的小事。

对于这些小事，如果我们不注意，一闪而过，对我们也没什么影响。但是如果我们一旦重视起来，认真记录下来，加以思考，这样的小事日积月累，形成习惯，虽然我们的人生不见得就会改变什么，但至少我们内心的快乐程度肯定是不一样的。

当然是自己感兴趣的小事。

如自己对读书感兴趣，经常有小感想，人生的小感悟，忽然间从心底发出。对这种感悟感想，我一般都记录下来，感觉很受启发。对自己的思维方式，文明习惯，行为准则等等，都有了很大的影响。

这是自己感兴趣的事情。人的兴趣所在，其实也是人的潜力所在。因为人对感兴趣的事情，潜意识总是处于一种思考状态，总是处于一种摄受的状态。所以对于一个学生来说，兴趣是最好的老师。有兴趣就会快乐。因为他会从兴趣里感到一种无穷的乐趣。

而一旦我们把这种有乐趣的事情记录下来，我们头脑就会处于一种亢奋的状态，我们的许多知识点就会连贯起来。而知识点一旦通起来，力量是无穷大的。这不是加法的问题，而是成倍增加的问题。所以对感兴趣的事情，就是小事，也要注意。

这是灵感的花。灵感来自我们自己的内心，潜藏在心底。它有几个特征，就是不由自主，突然而来，又突然而去，都是我们所无法掌控的，但是它有一个总的特点。灵感是不会无缘无故而来的，它都在平时的积累中，平时潜意识的思考中，是突然开出的智慧之花。灵感总是和我们平时的积累相联系的。因为我们平时有思考，所以碰到感兴趣的小事，我们的智慧之花就开始结果了。但这个时候，如果我们不加记录，不认真思考，这种智慧之花，可能一下子就凋零了。

灵感稍纵即逝。灵感是不能掌控的，总是在我们头脑中一闪而过。如果我们给予足够的重视，记录下来，然而认真地加以思考，加以发挥，就能够开花结果，也许就能够开出改变世界的智慧之花。如牛顿发现万有引力，鲁班发明了锯子，莱特兄弟发明了蒸汽机。其实都是抓住了自己感兴趣的小事，也就是自己的灵感，然后做出了有益人类，改变世界的大事。

对一个人来说，自己感兴趣的小事，可能就是灵感的爆发点。可能困扰自己多年的问题，在灵感爆发的刹那，得以解决。记录下来，对自己的人生帮助很大，有可能会起到意想不到的效果。

如曾经对"因上努力，果上随缘"这么一句话。感觉很有道理。任何事情，我们都只能以这种心态去做。在事情还没有结果之前，我们应该不断地努力，寻找各种解决之道，应该想尽一切办法去解决。这就是因上努力。但是结果上，不是自己努力就能做到的，还要看各种条件是否具备，各种外缘是否具足。当然外缘是很复杂的，千丝万缕。有些是我们可以看到的，有些是看不到的。所以我们果上只能随缘。

看到这句话，我当时就把它记录下来。后来越看感觉越有道理，越思考越感觉有道理。这句话其实对我的人生态度有很大的改变。使我安静了许多，淡定了许多，从容了许多。当然，自觉也幸福了许多。

对于这类感兴趣的事情，首先我们应该记录下来。记录生活对自己有很大的帮助。如果不记，一回头可能就忘记了。如果记下来，我们就可以有时间从容地加以思考，就会有时间不断加深体会，提升运用。所以第一步我们要记下来。只有记下来了，才可以做下一回的文章，才可加以运用。记录感兴趣的事情其实就是，抓住了灵感。抓住了灵感，我们的智慧就能开花结果。

记录下来还要不断地加以思考。记录下生活中感兴趣的事情，也就是记录了灵感。其实这种感兴趣的事情不是无缘无故的。它总是在我们内心深处和我们思考的问题密切相关的。因为我们人有时候虽然没有处于思考的状态，但潜意识还是处于一种思考的状态的。所以一旦碰到这个点，这个小事，我们记录下来加以思考，虽然是小事，但其实是一条线索，是解决一个问题的入口，也是个突破口。如果单单记下来，而不加以思考，那也是不会开花结果的。

要在生活中加以运用。一种知识，一种文化，如果不能运用，不能改变生活，其实也是缺乏生命力的。我们从感兴趣的小事中悟出的道理只有运用于生活，才有价值才有意义，也才能不断得到改善，那记录也才有意义。如锯子的发明，飞机的发明，蒸汽机的发明，改变了多少人的生活，改变了世界的文明。一种缺乏运用的知识，也就缺乏传承的生命力。

注意自己生活中感兴趣的小事，记录这些小事，思考这些小事，运用这些小事，对我们的生活和人生帮助很大。

多注意生活中感兴趣的小事。

大隐藏人海

　　有时候，人们为了避开喧嚣的人群，寻找一个安静的处所，会住进山林，过隐居的生活。

　　其实，真正的隐不是隐在山林，而是隐在闹市。

　　大隐藏人海。

　　这看似矛盾，其实很有道理。

　　从隐居的目的看如此。归隐，往往是为了避开人群，避开人们的打扰，从而专心自己的事业。但是，人都有好奇心理，往往因为其归隐而对其产生猎奇的欲望。那些归隐者，因为其他人的好奇，往往得不到安静，往往被打扰更多。

　　而隐在城市就不一样。如果有一颗真正归隐的心，可以做到不受外在的一切打扰。这样是因为少受人关注，也是能够得到一个安静的处所。所谓大隐隐于市，小隐隐于野，就是这个道理。所以隐城市更能达到归隐的初衷和目的。

　　从隐居的方式看如此。隐居可以分为身隐和心隐。心隐才是真正的隐。一个人如果没有隐居的心，那么就是住进山林里，他的心也会随外面嘈杂的世界跌宕起伏，难以安静。在他看来，外面的一棵棵草木，其实都是打扰他的一个个熟悉的人，一件件俗世的事情。因此他也达不到隐居的初衷和目的。有一个朋友，因为家庭的关系，有一年春节，要住在一个几乎无人知的小庙里以求得安静。我们在年末把他送过去，他第二天就跑回城里。为什么？他说那里太静了，死一般的安静，太可怕了。

　　相反,如果一个人有一颗真正归隐的心,那么,即使住在闹市,他也会把一个个人看成一棵棵草木,把一切众生都看成成就自己事业的一个因缘。正如苏轼所说:"万人如海一身藏。"这是一种彻底的藏,是真正的藏。因为这种藏没有人认为其在隐居,因此也没人刻意去打扰,因此他可以得个真正的安静。甚至可以白天经营跌宕的世界,夜晚独自修复灵魂的密码。这是一种大修,大隐。

　　从隐居的结果看如此。真正的隐居,真正的隐者?你隐就隐吧,为什么非要写出许多隐逸的文章。其实这些人内心都是不安静的。他们对政治很熟悉,既是用这种方式唤起人们的注意,也是对政治一种反向连接,像卢藏用的终南捷径。真正的大学问者,成就了大业者,都不是这种刻意归隐者,都不是这种叫嚣自己要归隐的人。

　　只要我们以一颗安静的心,一颗归隐的心,到哪里都可以隐。一个安静的人,他的心能转境。就是最热闹的地方,他也可以安静地观察世界,享受人生。并且他还能从这种热闹中,看到人世的方方面面,看到平时看不到的东西,看到背后的实质的东西。这是真正的归隐。

　　真隐者需要目标。一个人如果没有目标,他的心就永远是散的,杂乱无序的,散乱无序就没有核心,没有核心就不能坚持。

　　因为没有核心,我们的力量就不能凝聚到这个点上,这样我们的力量就一滴滴地散掉了。当我们遇到一点点的诱惑,遇到各种各样的困难和阻力,我们的心就容易散掉,就不能够真正地坚持。只有自己树立大的目标,大的方向,我们的心才能无论何时何地,无论遇到何种诱惑和困难,总是定在这个目标上。这样就能化解掉许多的困难,抵挡住许多的诱惑。

　　真隐者需要恒心。隐居是一种精神的享受,但是从物质上来说,是艰苦的,是煎熬的。这是对矛盾。没有真苦行就没有真修行。他可能会遇到常人想象不到的困难。如玄奘西行,如鉴真东渡,他们遇到的困难都是常人难以想象的,有时甚至生命的危险。

　　一个人,如果没有恒心毅力,可能抵挡得了一下子,但抵挡不了一辈子。可能一次两次的诱惑还能抵挡得住,一次两次的困难还能克服。但是时间久了,思想信念就会动摇,从而放弃自己的理想信念。因为隐者有内心的孤独,这种孤独无人能听,无处排解,只能在自己的内心的升华中解脱。

真隐者需要智慧。一个没有智慧的人,无法真正地归隐,更无法在闹市中,做到万人如海一身藏。一个智慧的人,他能从归隐中实现人生的升华,发现生命的真谛,从而找到无穷无尽的快乐。因此,这在外人看来是寂寞的,孤独的,但他的内心是柔软的,丰盈的,美好的。这需要智慧的点化。因为一个智慧的人,他知道人生真正的取与得。在取与得之间,他已放弃世俗的,庸俗的,而独自寻求那种内心真正的得,这是一种大得。小得得到的是物质,大得得到的是精神。就像孔子,给我们的是光耀万代的思想。又如释迦牟尼,给后人的更多的是心灵的解脱,这是一种大隐者,是大智慧者。

做到万人如海一身藏,确实不容易。但一个人如果树立了大的目标,又有了坚强的意志,就可以做到。如果做到了,就可以成就智慧。

文化是社会的定力

　　一个人如果没有定力，自己的心灵就无处安放，就会整日魂无所依，就会干什么事都是三分钟热度。热度过后热情不在。

　　做什么事都需要有定力。

　　只有定力，才能专注于自己所做的事情，真正把自己的聪明才智发挥到极致，才能不断挖掘自己的潜能，使自己的事业不断走向成功，使自己人生不断丰盈。

　　缺少定力，就是缺少专注。

　　任何事情，要想做好做美，都会有各种困难出现。这种困难就是瓶颈。没有定力的人，没有专注力的人，一碰到困难，就会退缩，因此不会有成功的时候。

　　一个有定力的人，会不断专注自己的事业，使自己的各种困难不断被克服。

　　有定力的人不慌乱。心有定力就会认定目标，泰山崩于前而不动。因为定力使自己的心永远处于安静状态，无论外境怎样地动，内心总是静如止水。

　　有定力的人不迷惑。社会千姿百态，信息很多，往往是非难辨。一个有定力的人，总能看到问题的本质所在，总能透过千姿百态的表象，看到问题的本质。看到了问题的本质所在，就不会被外表所迷惑。

　　有定力的人不张扬。骄傲的本质是无知。有定力的人就有一种厚重感。有厚重感的人，他能看到更为广阔的世界。一个人只有看到更广阔的世界,才能真正发现自己的无知。因此,当他取得一定成绩后,当他为社会做出一定贡献后,他不会沾沾自喜。

个人需要定力。社会更需要定力。

个人没有定力,就会浅薄,急躁,虚伪,张扬。社会缺少定力,就会浮躁,急功近利,唯利是图,是非不分,就会失去一种祥和之气。

因此社会需要定力。

文化就是社会的定力。

文化决定人的心理承受能力。人急躁的原因,往往是因为心里缺乏踏实感,安全感,希望拥有得更多。在这个追求财富的过程中,人人都变得急急忙忙,行色匆匆。仿佛永远有做不完的事情。

一个有文化的人,会看透一切皆有因果。在过程上奋斗,在结果上随缘。因为结果不是自己能把握的。因此,当不利的结果出现时,也不会张狂。虽然有时也忙,但是却忙而不乱,喜欢冷冷静静的匆匆忙忙。因为心里早有准备,这是定力,这是文化决定的定力。

一个有文化的人是心理强大的人。一个有文化的社会,是让人感到踏实的社会。

文化决定人的行为举止。学问深时意气平。一个人如果有文化,有学问,做事就不会张扬,就会低调行事。浅水喧哗,深水不响,这是自然的规律,也适合社会的发展。

一个有文化的人,总是行为得体,思维独到。他的举止不会令人感到不舒服,他总是会替别人着想。

如果人人如此,社会就有定力,就有活力。

文化决定社会导向。文化包括三个层次,表层的衣食住行,中层的制度,核心层的信仰。因此,一切社会现象都可归结为文化现象。一切社会现象的改变,都可归结为文化现象的改变。

一个有文化的社会追求的人,关心的是人的内在的核心的东西,也就是人的精神的关怀。关心的是如何使人安心地生活,自在地生活,有尊严地生活,如何资助弱势群体,而不是热热闹闹地做些表面文章。

如果人人都如此务实,如此有情怀,社会自然和谐。这是文化的定力所致,它决定着社会的导向。

无论什么运动,总是以否定文化开始,最后以恢复文化为结束标志。因为文化决定人的心理。文化决定社会的导向。

当前的文化,缺少根与魂的对接。

文化属于灵魂的东西,不容易走进老百姓的生活,为百姓所接受。因为其本身对人的作用,对社会的作用,是久久为功、绵绵用力的。对人的作用也是潜移默化的。对人的影响是绵密细致,但无处不在的。

文化对人的影响是润物无声的。一个有文化的社会,对人的教化也是如此。是深入到每个细胞的,但是一时之间又是看不出来的。

一种文化只有走进百姓生活,才有生命力,才能增加社会的定力。

如何使文化的根与百姓的魂对接?

开展讲课的形式,建立讲坛的方式。通过深入浅出地讲,使传统文化的根与百姓的魂对接起来。从而实现文化的生根发芽,不断走向成熟。因为只有通俗易懂,才能被百姓所接受。而百姓一旦接受了,就会内化于心,才能成为改变社会的定力。

目前,开展乡村儒学活动很有必要。以通俗易懂的方式,讲述传统文化,讲解仁义礼智信,是很有必要的。

社会需要定力。文化是社会的定力。

重视文化就是重视社会的定力。只有重视社会的定力,社会才能健康有序地发展,人才能活得幸福。

愿社会多一份定力。

愿文化多一些贡献。

第 三 辑

生活和合

和合文化无处不在

为庆祝中国共产党建党 96 周年，上午为我们单位全体同志和退休老同志做了"和合文化如何走进生活"的讲课。

因为单位里总共人数也不多，在职的和退休的加起来 20 个不到，大家平常也比较熟悉，所以方式也比较随便。但是一方面又是作为党员活动的一项内容，不能随意省略。我就把 2 小时的容量压缩成了 50 分钟的内容，就是专讲一些简单的、重要的、应景的部分内容。这是因景而和合。

讲课结束时，也许是比较有共鸣，几位老同志问我要课件。对于这个要求，我因为还没有对外公开，所以本来是不想给的。但是仔细想想，几位老同志都是当时我们天台文化界的著名人士，内心对他们都是充满敬意的，加上他们要课件也是一种肯定和推广，因此"长者命，不敢违"地答应了。这是因人而和合。

上午下班后，路过田里。准备采几根芥豆和苦麻菜，打算中午烧面皮吃。这个季节苦麻菜和着面皮很好吃，我也很喜欢。结果到田里，发现苦麻菜刚被邻居采完。虽然采不到苦麻菜，但还是随手采了木耳菜和几根芥豆回家准备烧饭。这是因情而和合。

回家准备烧面皮，结果面粉和得太硬了。以自己的技术，如果再加水，只能变成稀泥。所以自己也就只能将就一些，把原来准备的面皮变成了手切面。虽然心里是喜欢面皮的，但是客观条件没具备，所以也就只能吃面条了。因为面条硬一些没有关系，反而越硬做成的面条吃起来越香。这是因时而和合。

　　一切都有条不紊地进行，到最后快好时发现太咸了。于是就只能多加水。加了一碗水，结果刚好合口味。这就是和羹之美，在于合异。这是因景而和合。

　　于是一大锅美味就做成了。

　　世界是万物的和合。当我们内心平静下来的时候，我们的心态就会转向平和，我们的内心就会接纳一些平常不愿接受的事物。这个时候，我们与自己，与自然，与他人就会处于一种非常融洽的状态，也就是与世界的和合相处常态。

　　因此和合需要安静，需要安静的心态。

　　安静又不是随手可得的。它是一种境界，是需要不断地修炼，不断地在内心约束自我，驱除各种我执才能达到的一种生命状态。

　　而人一旦达到安静的生命状态，他的内心有就大道，就不会拘泥于小事，他的内心就会接纳各种结局。他就会看开，看淡世间的事情。他的目光就是高远的境界。他做事情总是思考如何合乎道德，合乎自然规律。

　　道的规律是和。天下一家，众生一体。所以一个安静的人，就是一个和合的人，就是一个与世界和合相处的人。

　　万物都是一时的存在。我们的生活时刻需要和合。和合文化也是无处不在的。

生活需要和合

生活中,和合文化无处不在。

因为,世界本身就是万物的和合。

我们的世界,不管是看得到的,还是看不到的,实际上都是各种因缘的和合。就我们生活的太阳系而言,太阳,地球,月亮都是以一定的规律在运行,相互发生作用。在公转的同时还在自转。引起白天黑夜以及四季的更替,还有阴晴雨雪的变化。各种动物植物也应之而产生,以及随之而发生变化。就动物而言,有高等的巨型动物,也有微小的我们看不见的微生物。当然植物的变化也是如此。

世界就是这么一个各种物体的和合。这就是众缘才能和合。和合成就了世界的多姿多彩,人生的多种多样。

生活就是和合各种事情,各种情绪,各种环境。

所有一切的和合,形成了我们生活的宇宙。我们拿起任何一样东西,其实都是和整个世界联系在了一起。如我们拿起一本书的时候,我们就和整个世界联系在了一起。从一棵小树苗的生长,到制作成材,做成纸,到作者的写作,排版翻译,运输出售等等,我们联系的都是整个世界。这些联系,使我们在空间上,与几乎毫不相间的远隔千里的甚至更远的世界发生各种联系;使我们在时间上,与远古时代的人发生了联系。因为造纸的技术,印刷的技术,是在古人的基础上一步步发展而来的。我们读的书就是如此。

推而广之,我们穿的衣服,鞋子,吃的粮食等等日常用品都是如此。所以鲁迅先生说:"无尽的远方,无数的人们都和我们相关。"

　　因此,我们的生活只是无穷无尽的世界中的一个点而已。在这个点中,我们时刻受着以往的影响。同样,也影响着以后的世界。这就是和合成就众缘。

　　宇宙发展的规律是和。世间万物各得其和而生,就是和生万物。我们人心,盼望和平。只有在和平的环境下,我们才能够得以安定地生活,用心享受到生活的各种美好。如在动荡战争的环境下,基本的生存都得不到保障,就根本谈不到享受世间的快乐。因为人的生存权是第一位的。同样,天地不合,人与自然不和,我们就会生活在极其恶劣的环境之下。这样的环境是人类不愿意生活的。我们的人类史,一定程度上就是一部和自然世界做斗争的历史,也就是不断改善我们的居住环境,提高我们的生活质量的过程。

　　因此,和合文化无处不在。我们时刻都在运用。只有和合的思维,才有理想的人生。生活无处不和合。

　　身心要和合。这是最关键的,一个人如果内心不和合。他就会对世界处于对立的状态。他看到的都是不平,都是社会的阴暗面。他的内心就好像缺少阳光照耀的植物一样。这种阴暗面在内心里积累多了,他的世界观就认为社会是恶的,是斗争的,是人吃人的,不是你吃掉我就是我吃掉你。因此他就会把别人对其的好看成是有目的的,即使没有目的也是应该的,理所当然的,于是他也就缺少了感恩之心。而对别人如果付出一点点就要求回报。

　　内心不和的人,是看不到光明面的。他们即使拥有再多,也是永远处于不满的状态,始终处于不平的状态,这样也容易抑郁成病。因为人的能量是靠气在运转。气郁结了,人的能量就无法运送至全身。所以容易成病。更不用说享受人生的乐趣。

　　对他人要宽容。人与人相处,需要宽容。唯有宽容,才能强大自己的内心。人与人之间,同事之间相处,存在矛盾是必然的。因为同一件事,从不同的角度去分析,不同的阅历去分析,会有完全不同的结论。

　　这些结论看法有些可能和自己针锋相对,可能在一定程度上会对自己

　　造成伤害。这个时候我们应该有强大的、宽广的心胸。大海如何能成其大，是因为能接纳万物，更能容得下万物。所以能成其大。如果一听到不同的声音就暴跳如雷，就堵塞别人的意见，就会固步自封，就不会强大自己。

　　要有环保意识。人的需求其实是很有限的。我们的衣食住行从需要的角度去考虑，确实不需要太多。况且，我们的生理的需求，满足到一定的程度，会产生厌烦的，总是会产生过犹不及的感觉。我们人的需求有生存型，发展型，奢侈型，炫耀型等。

　　而人的需求一旦达到奢侈型，炫耀型，那造成的需求是无止境的，就会对自然造成无情的破坏。而人与自然应该是总体处于和合的状态。恩格斯说，人对自然的任何一种过度开发，都会遭到报应。今天全球气候变暖，虽然我们大量地使用空调，但是热死的人比以前更多了，就是一个例子。所以我们应该有对自然的敬畏之心，应有环保意识。

　　和合文化无处不在。在我们的衣食住行中，在我们的待人接物中，在我们的工作生活中。大到宇宙运行，小到虫鱼鸟兽，都存在和合文化。

推进我市"和合圣地"建设的三点建议

　　当前,在市委、市政府的高度重视下,我市"和合圣地"建设正有力推进,在省内外的影响力也不断扩大。与此同时也存在着三个不容忽视的问题。

　　一是实物的可见载体少。文化的传承需要实物的载体。如儒家的书院、释家的寺院、道家的宫观。而我们的"和合圣地"建设在这方面的载体比较欠缺。目前,也仅仅将市区"中央公园"改名为"和合公园",而且里面的和合元素少之又少,能体现和合文化的雕塑就更少了。虽然有天台山和合人间博物馆,但那也只是私人老板的收藏。总之,当前全市能体现和合文化元素的实物载体太少了。

　　二是有影响力的外宣少。这几年,我市每年都有相关和合文化的书籍专著出版。从表面看,这似乎也很热闹,但外宣的层次和站位不高,尤其是在高层一级还缺少有力度的推动。众所周知,文化的传播是一个先自下而上地总结提升,再自上而下地全面推广的过程。即把民间文化、地方文化通过总结提炼上升到国家层面,再由国家层面向下推广传播。佛教的成功传播如此,基督教也是如此。

　　三是与群众生活的结合少。这几年和合文化研究的成果不少,各种活动也很丰富。如举办各种和合文化讲座,成立和合文化研究会,等等。但是和合文化活动仍缺少群众参与的自觉性、主动性。没有群众的参与,"和合圣地"建设就缺乏持续发展的根基。

　　建设"和合圣地",就是以和合文化来引领整个城市的人文发展,通过打响"和合圣地"这个品牌,不断提升台州在海内外的知名度和影响力。为有

效突破瓶颈,真正打响我市"和合圣地"这个品牌,切实提高我市的知名度和美誉度,建议:

一、扩充实物的载体。在台州主城区高速出口醒目位置设立大型"和合二圣"雕塑。命名及修改一批以和合文化为主题的地名,如和合公园、和合广场、和合书院等。增加一些和合文化的元素,如在车站码头机场等地增加一些介绍和合文化,体现和合文化精神的壁画等。可将我市各地的"24小时自助图书馆"更名为"和合图书馆"。通过一系列的实物展示使和合文化变成百姓日常可见的实物。

二、以中华"和合文化"与"一带一路"国际研讨会为契机,争取形成高质量的内参稿件。今年11月15日至17日,由中华文化促进会、台州市人民政府联合主办的"中华'和合文化'与'一带一路'国际研讨会"将在浙江天台县召开。研讨会将形成和合文化天台共识。建议以此为契机,组织和合文化写作宣传专题班子,争取以党委内参的形式向国家层面上报信息,旨在把和合文化建设上升到国家的战略,上升为国家的行为层面,进而提升和合文化的张力,真正打响台州"和合圣地"品牌。

三、通过系列大众化行动,使和合文化在台州生根发芽。如出版一批通俗易懂的和合文化大众读本;通过党校、文化讲堂等平台,培训培养一批能通俗讲解和合文化的乡土人才;打造一批以"和合二圣"所在地天台为基点,贯通我市南北各县(市、区)的和合"养生、休闲、礼佛"的大众旅游精品线路。结合美丽庭院、美丽乡村建设,组织开展和合家庭、和合庭院、和合乡村评选活动。

本文刊载于2017年台州政协信息第一期

人都有两次青春

　　在正常情况下,人到一定的年龄就开始发育,各种生理特征明显起来,这就是所谓的青春期。

　　其实,身体的青春期,成长的是我们的身体;还有一个心理的青春期,成长的是我们的思想。

　　正常情况下,身体的青春期,人人都会出现。但是心理的健康成长,思想的成熟,需要一定的条件。一般情况下,随着身体的发育,思想会逐渐成熟。但是,要想彻底成熟,迅速成长,需要一定的外部条件和内部条件的组合。

　　身体的发育,发育的是人的体魄,是人的身体长相;思想的发育,壮大的是人的思想,是人的精神长相。到一定年龄以后,人的思想,人的精神,很大程度上决定了人的长相。正所谓心者貌之根也。

　　人的身体千差万别,人的精神世界更是千差万别。所谓"脸是小宇宙,心是大宇宙"。人的思想的成熟,精神的成长,很大程度上,是一个人区别于另一个人的重要标志,也是人类区别于动物的标志。动物只有饮食和性,没有思想。思想是人类区别于动物的标志。

　　人的思想的发育,需要一定的条件。这个条件,可以是一场苦难,也可以是别人的一句话,一个暗示,一个动作。再加上自身的努力,从而促进思想的发育,成就伟大的人生。

　　一场灾难可以促进人思想的成熟。经常可以看到这种情况,有些人平时很普通,但是,在经受巨大的打击之后,脱胎换骨,发愤图强,最终成就一番伟业,终为后人传诵。如果不是遭受打击,他们可能就一辈子碌碌无为。如司马迁,如果不是受到磨难,不可能留下这么伟大的《史记》。如春秋五霸中的晋文公,如果没有逃亡的经历,就不会有后来的励精图治,也就不能成就一番霸业。翻开史书,这样的例子很多。因为人在顺利的情况下容易丧失斗志,随波逐流。但是一遇到困境,只要没有被打倒,就能迅速成长。就如一棵绿色植物,风霜雨雪能够促进生长。如果长在阳台上,只有阳光,没有风雨,那这株植物就不会结实。

一个微笑可以促进改变。有这么一个故事,一个卖花的女孩,在一个傍晚,将没卖完的一枝花送给了旁边的一个乞丐。这个乞丐很受感动。因为他感到,世界上还有人看得起自己。本来这个乞丐的内心是很脆弱的。因为他生活在底层,感到没人看得起自己。他的世界很灰暗,看不到明天。因为有这样的心境,因此,他看到的世界也是恶的世界。但是因为这个女孩的一枝花,他改变了对世界的看法,觉得这个世界也有温暖,也有人看得起自己。他想,自己不应该这样堕落下去,而是应该成就一番事业。所以第二天,他就不再要饭,开始新的自食其力的生活,最后成为一名成功人士。生活中这样的例子其实很多,说明世界需要爱。

拥有两家世界五百强企业的稻盛和夫,曾经出家。有一次,在化缘回来的路上,已经很晚了,一个扫地的阿姨给他五元钱,要他去买个面包填填肚子。稻盛和夫说,这个时候,他全身的每个细胞都充满感激。不久稻盛和夫还俗回家,去做慈善事业,去帮助更多需要帮助的人。

思想的成熟需要坚定的意志。所谓的打击,所谓的微笑,都只是一个外缘,最终促使人成熟的,还是内心坚定的意志。许多人在经受打击之后,不是发愤图强,而是被打倒,在灾难中毁灭,没有在灾难中崛起。人都有向上之心、奋发之志,关键是这种心态能保持多久。如果持之以恒,就是走向成熟,走向第二次的青春。如果坚持不下去,就会被灾难打倒。这是一个内缘与外缘不断互动推进的过程。包括个人的经历、周围的环境、个人的知识水平、还有各种偶然的因素等等,都能影响人思想的成熟。但是无论如何,如果没有坚定的意志,是不能有第二次飞跃的。

　　人的身体到一定程度就不再发育。人都有生住异灭的过程，到了一定的年龄，身体不再发育，而是走向衰老。但是人的大脑不同，可以一辈子发育。有些人到了七十几岁才找到自己人生的意义，才开始自己真正的人生，才真正开始做有益于人类的事情。

　　因此，人生没有太晚的开始。

　　改变自己从来都不晚。

每天做三份笔记

现在我的生活，每天做三份笔记。

首先是读书笔记。记录读书内容的笔记。不管是书本阅读，还是网上阅读，还是微信阅读。只要看到能引起思想共鸣的，或受到智慧启迪的，或是感觉对知识积累有用的，我都记录在笔记本上。

读书笔记就是读书的记录。因为每天读书，每天的收获都有记录。感觉少了这份记录，内心就不踏实。

因为每天记录新内容，所以现在的读书笔记，简直成了百科全书。什么方面的内容都有，有自己懂的，也有似懂非懂的。有政治的，有历史的，有地理的。有古典的，也有现代的。有名人名言，也有整段的抄录。有名家的，也有新手的。各种知识，不一而足。

记录这种学习笔记还要不断进行温习。记录的目的是为了增强记忆，是为了方便查阅。所以记录下来以后，我每天一有空闲时间，就加以阅读加以思考。特别是早晨，早早起来，阅读思考自己的读书笔记。

所以阅读读书笔记成了我生活的很大一部分内容，也占据了我生活的很大部分时间。我从中也享受到了无穷的乐趣。

阅读笔记，使自己的所学知识点，所记录的笔记内容不断地通顺起来，也就是使各种知识点连贯起来。荀子说"诵数以贯之，思索以通之"。

原来各方面的知识都只是一个点。知识没有连贯起来是没有力量的。只有各种知识连贯起来，才有力量。因为只有连贯才成体系。这个连贯就是通。就是通过自己的阅读，自己的思考，来实现知识的连贯。没有连贯，所有的知识都无法很好运用。

现在,记笔记,阅读笔记,思考笔记,成了我日常生活中一项不可缺少的内容。

正是在这阅读思考中,我自认为自己的思维发生了变化,得到了很大的拓展,看问题不再浮于表面,能够看到更深的,实质的,内存的东西。写的许多政协的文化方面的信息,受到省市领导的批示,并列入省委省政府的决策,且多次受到民进中央,民进浙江省委会的表扬嘉奖。这主要得益于不断地记笔记,读笔记,思考笔记。在其中拓展了自己的思维方式,也使自己看问题,分析问题的能力得到提高。

读书笔记也会碰到一个问题,就是记得多了,记不住,有时可能会糊涂,需要反复消化。有时候也会有重复笔记的现象。

其次是感想笔记。就是在读书中,包括在读书笔记中,针对一些有感触的地方,自己开始思考,开始写作。就是从思考的问题入手写文章。

如看到"人是一棵植物"这句话时,我感到这句话很好,就开始思考这句话有没有道理。感觉从长远目光看,这句话是很有道理的。人来自自然,最后回归自然,只是自然的一部分。只不过植物是不会动的,我们人是时刻变化的。其实植物也是在变化的,只不过我们没感觉到而已。

我们人自己是感觉不到变化的。只是过一段时间发现自己长高了,变老了。人是时刻在变的。植物也是如此。

植物的生长需要吸收阳光水分和适宜的温度。人亦如此。唯有充分吸收阳光空气水分的人,才能充分成长。不过人不仅需要身体的成长,更需要知识的成长,需要吸收另外一层意义上的阳光水分。

植物有生住异灭的过程。人有生老病死的过程。其实本质意义上是一样的。

经过不断思考,我把"人是一株植物"这句话写成了一篇感想笔记。

感想毕竟是对读书的一种更深层次的消化,是一种思考性的学习。在这个思考学习的过程中,自己的思维敏感度,连贯度,不断地得到发展。往往书桌上一坐,一个小问题,就可以引起无穷无尽的遐想。经过不断的训练,写起文章来也自然更接地气。

感想笔记就是写作的积累。现在如果想出书,想到一个合适的书名,随时可以出书。生活感悟,读书感悟,人生感悟,这些内容随时可以用。

感想笔记也碰到了一些问题。就是写的时候,常感知识积累不够。因为写作从思考入手,我认为方向是对的,如果写得好,可能引起别人的共鸣。但需要深入下去,有时一写,就写到宗教里面去。涉及宗教内容,别人都是很敏感的。

再次是生活笔记。就是记录当天生活的大事,一般比较简单,往往几句话,今天干了什么事,去了哪里,有什么启发等等。

记录生活对自己很有帮助。我把记录有自己生活的10几本台历放在一起,翻几下,就能想起自己的哪一天干的事情,就如同回忆片一样。

记录生活就是记录历史。记录历史可以帮助我们找回曾经的记忆。人不能没有记忆,只有记忆清晰的人才有明确的思路。

如有一次,一位同事,忘了家里打官司开庭的时间,我立马就翻到。因为我清晰地记得,那一次,这位同志没有去开庭,而是和我一起去了平桥。所以一翻就查到了。

当然生活笔记也有忘记大事的时候。我都是第二天上班的时候,在办公室记的。凭着第二天的回忆,可能会忘记一些大事,记下一些小事情。但如果当天上班时记,因为没有过完,又怕不完整。

随着这几年在各单位打零工,记忆也显得有些杂,记的地方也有些散。一年的时间要分为好几个笔记本了,难以整理。这都是生活笔记中出现的一些问题。

每天的这三本笔记,使我的生活相对井然有序。

一个人如果有自己的时间,又有自己的兴趣,那是很快乐的。他简直生活在天堂,过的自然也是诗意的生活。

人总要坚持点什么

大学同学吴光辉小学时就喜欢越剧,中学,大学一直坚持了下来。

后来工作了,结婚了,一直没有放弃这个爱好。在教学之余,他成立兴趣小组,培养越剧骨干。后来事业越做越大,竟做出了很大的名堂。每年都有他的学生,因为艺术特长被特招。他也为所在的温岭市培养了大量优秀的艺术人才。他所在的中学也成了一所知名的艺术基地。

随着事业的不断扩大,他的眼界不断开阔,活动区域越来越广,朋友圈也随之扩大,培养出的学生越来越出色,社会的声誉越来越高。

奇怪的是,他管理的学校,没有因为心思花在艺术方面而放松对各方面的培养。几年坚持下来,各方面都没有落下,反而越来越好。

可以看出,在越剧这条道路上,他是坚持的,是有成效的,也是成功的。

生活中这样的例子很多。

一个小兴趣,有人因为坚持,而做成了大文章。自己的生活,自己的人生也随着这种坚持不断丰富。

相反一个很好的事业,因为没有坚持,想着,想着,也就放弃了。

其实这世界许多的美好都来自坚持。来自一以贯之的坚持。

什么事要成功都要坚持努力。无论什么事要想成功,只有努力,只有坚持不懈地努力奋斗。

不努力,能得到的只有年龄。因为随着岁月的流逝,年龄会自然而然地增加。

没有什么成功会是一帆风顺的。

　　所有成功都是坚持不懈努力的结果。

　　坚持一项兴趣,可强大自己的内心。

　　一样事情,如果我们坚持不懈走下去,就会提高自己解答各种问题的能力。因为世界没有单一的学问,所有的知识都是错综复杂地交织在一起的。如吴光辉同学,在坚持越剧这项兴趣中,成立了兴趣小组。在学习本就十分紧张的中学,克服了如何安排学习时间的问题。作为校长,管理本就十分繁忙,他就思考如何提高效率,同时也要不断地对外联系有关越剧的业务。对此许多家长也是不理解的。等等问题,他都有效地解决了,在这过程中也强大了自己的内心。

　　矛盾锻炼能力。人的能力,在坚持中,也就是在解决问题中不断地得以提高,强大了自己的内心。

　　坚持一件事情,可以丰富自己的人生。当我们坚持一件事情的时候,我们的人生乐趣就会随之而来。

　　如有人喜欢摄影,他就会在摄影中找到自己无穷的人生乐趣。他就会合理安排自己的工作时间,他周围志同道合的朋友就会越来越多。他的人生就在摄影中在探索中不断地丰富。虽然有时很苦,但心里总很快乐。

　　任何一件事情,坚持一时是容易的,但要长久地坚持,是件很困难的事。

　　要确立一项兴趣目标。

　　每一项兴趣,都是自己真正喜欢的事,也是对自己真正有意义的事,并且能从中找到生活乐趣的事。如写作,如摄影、画画等等。我们自己从内心产生兴趣,才能不断坚持,才能以苦为乐,化苦为乐。因为这种精神的快乐是真正的大快乐。

　　不断扩大目标的意义。朋友吴光辉,不断坚持自己的爱好,从小学到现在,就使目标意义不断地扩大。小学中学时,他只是感觉好玩,有趣。上大学时就不一样了,他感到要把越剧这件事情做好做精,已经有了自己的目的。当然在大学期间,因为这项兴趣,因为这种坚持,他也收获了不少。在我们所在的学院,他是很有影响力的人物。随着影响的扩大,许许多多的越剧迷都环绕在他的周围。他也影响了许多的越剧迷。

　　大学时代,他为了使自己的唱法更专业,更精尖这么一个目标而在不断
地奋斗。

　　工作以后,乃至现在做了校长他还一直坚持。只因为一个梦想,让越剧
走向大众,使这项事业传承下去,发扬光大。因此在提高自己水平的同时,
把目标指向培养下一代上。

　　人的坚持一旦成了习惯,实际上就成了下意识的一个行为。所以他现
在每天自己练,带着学生练,成了教学之外的一门必修课。虽然别人看起来
是很苦很累的,但他自己感到很幸福,很充实。这是因为不断扩大了目标的
意义。

　　强大自己的内心。坚持的过程,尤其是长久的坚持,可能要承受各种各
样的冷言冷语。如要成名成家啦,不务正业啦,投机取巧啦等等的冷嘲热讽
会随之而来。

　　面对打击,你的内心要非常强大,不为外界所动,一以贯之地坚持。如
果内心不强大,一受打击,可能产生动摇,就不再坚持。只有内心强大,才能
不被外界所动。因为自己的快乐,别人是根本无法体会到的。

　　每个人都有自己的活法。如果别人一打击,就放弃自己的坚持,那是定
力不够。

　　如果我们长期坚持一种信仰,我们内心就会不断地善良,不断地温和,
不断地强大,自己的生活也会不断地走向美好。

　　如果我们长期坚持一种生活方式,那么我们的生活就会规律有序。我
们就会减少很多的迷惑,目标也会越来越清晰,内心也会越来越从容。

　　如果我们坚持做好一件事情,我们的内心会不断充实,变得安定,我们
周围的正能量就会越来越多,我们内心会越来越快乐。

　　如果我们长期坚持一项兴趣,我们的生活就会越来越有序,内心越来越
充实。我们在不断追求兴趣美好的同时,自信心也会越来越强。

　　自信使人更美丽。

　　愿我们的人生都能坚持点什么。

夜读老县堂

　　白天的老县堂我可谓熟悉。

　　晚上的老县堂，别有一番韵味。

　　我们看一样事物，白天与晚上，角度视角不同，风景肯定不一样。

　　我也曾好几次晚上来过老县堂，但都没有停下脚步，慢慢地用心品读。

　　我们观察一样事物，用眼看与用心品，结果是不一样的。用眼看看到的只是表象，用心品才能品出本质内涵。

　　思之深，念之切。

　　时间愈久，这种品读的愿望就愈是强烈。

　　找个机会，自己品读一下夜晚的老县堂，成了心中一个愿望。

　　2016 年末，12 月 25 日下午。我送女儿到学校夜自修后，来到老县堂，开始慢慢地品读。这也是为了了结我一直以来的心中的一个梦想。

　　我慢慢地绕着老县堂漫步了三圈，然后走进院子，在小院里，一个人坐了二十分钟。

　　然后我走进办公室，开始夜读老县堂。

　　夜晚的老县堂，虽地处闹市中心，却有一种静谧的感觉。随着小窗透射出的缕缕灯光，我的内心也不断得到净化，思想也随之升华。

　　老县堂是一杯白开水，简单而浓烈。和四周的高楼与现代化建筑比起来，她是矮小的、破旧的。但是她的存在，是一个符号，是一个深沉的符号。因为她代表着一种情怀，因此又是浓烈的。

　　老县堂是一杯绿茶，是清静和雅的代表。现代化建筑的中间，这座古朴的小楼是浙江省唯一的文保单位。这里是老干部的活动中心，他们各自安静地生活着，和合地生活着。这里还有地方志办公室，是个文化单位。这是个清静的地方，优雅的地方。

老县堂是一杯浓咖啡，入心提神。万事万物都有一个中心，中心强大团队就强大。老县堂曾经是我们天台县城的中心，是政治历史文化的核心。这座古建筑的保存，足以证明我们历史文化的厚重。在寸土寸金的中心地区，保存着这么一座古建筑，也时刻提醒着我们，历史文化的保护，是多么地重要。

换个角度去品读，老县堂又是另外一种美。

老县堂是一首诗，是一首见证天台人不断奋进的诗。从我们天台立县开始，这里就是我们的行政中心。她的存在，很大程度上，是一首见证我们天台人不断奋进，不断创造的赞美诗。

老县堂是一篇散文。她形散而神不散。我们天台人外出拼搏的很多，故事很多，在外面的壮举也很多。凡是出去的天台人，都在外面书写了一篇篇精彩的散文。但是他们的乡土情怀是很浓厚的，他们的心还在天台。这很大原因上是受文化影响的。老县堂就是一个中心，一个核心。

老县堂是一部史书，是一部文学性与历史性结合得很好的史书。每个人都在撰写以自己为核心的历史，也可以说是以自己为核心的长篇小说。一个人如此，一个县也是如此。"国有史，邑有志"，老县堂的存在，就是天台这部编年史、这部长篇小说的历史见证。

面对周围灯火阑珊，我独坐小楼，内心非常平静。

从老县堂这座古建筑中，我读出了很多。

一块砖有一块砖的历史，一棵树有一棵树的历史，一个人有一个人的历史，一个国家也有一个国家的历史。

历史人物，如大浪淘沙，旧的去了又有新的来了。而他们都曾经驻足在这里。这来来去去的历史人物，他们都为天台做出了贡献。历史人物，大抵是功过皆有的。我们评价历史事件也是如此，在不同的时间，对其会有不同的评价。如大运河，如万里长城。很多历史事件历史人物是难以评价的。

因为从不同的角度，在不同的时代，对他们会有不同的解读。因此历史是常写常新的。历史没有定论。对一个人的评价也是如此。

大学者钱穆说，国家与民族的灵魂，必从一国文化内部起。文化决定人的思维方式、行为习惯、文明礼貌、价值观念。天台的和合理念与每个时代的主流文化契合，更应走进百姓生活。生活化，日常化，这是文化保护的最高境界。如何使天台山文化走向新时代，走向生活，改变人们的理念，从而促进天台的发展，这是历史的责任，更是时代的重任。

夜读老县堂，我读到的是热闹而不喧嚣、热情而不张扬、明亮而不耀眼的历史文化，读到的是一部时代更替的历史，读到的是一首天台人不断奋斗的诗歌，读到的是漫长的天台山历史文化。

夜读老县堂，我读出了沧桑、厚重、责任，还有方向。

历史给人以无穷的启示。

文化给人以见识和智慧。

这就是我从这座老县堂读到的东西。

漫步老县堂公园

在办公室看书累了,或者写好一篇文章需要休息但又不想去远处时,我总是喜欢一个人在老县堂漫步几圈。

人都需要休息。每个人都在寻找适合自己的休息方式。对于我,漫步老县堂是一种很好的调整自己的方式。每次漫步三圈,约二十分钟,回来后,仿佛有一种神奇的力量,让我的心马上静下来,精力也得到恢复,于是又开始新的工作。

这种力量来自三个方面。

1. 老县堂的庄严感

老县堂坐北朝南,青砖白瓦,是一座典型的四合院。自天台立县开始,这里就是行政中心所在地。现存的老县堂是民国时期整修的。前面大堂用于处理公事,后面是家属院。

这是一座与天台历史一样久远的存在。面对这样的建筑,虽然它简陋而陈旧,但是那种庄严感,那种气势,在我心中一点也没有改变。

行政中心搬迁前,这里是天台的政治经济文化中心。漫步四周,那种庄严感、威严感油然而生。

面对这么威严的建筑,犹如进入了寺院宫观等道场,它强大的气场使我内心立刻平静。因此上班是宁静的,因为漫步着欣赏,使人安静。

2. 厚重的历史感

老县堂不单是一座古建筑,更是一部教科书。在天台立县近 2000 年的历史中,多少影响中外的大事,或直接或间接从这里开始。

天台历史上能产生济公、寒山这样的名人，都与这个中心这个核心有着密不可分的关系。只不过我们没有感悟到而已。

面对这么具有历史感的古建筑，我的内心总是无比卑微与谦恭，不敢重重迈开脚步。因为害怕一脚下去，会惊醒历史巨人的梦，不小心打扰到他们。所以我每次都是轻声慢步。

3. 崇高的使命感

以这座古建筑为核心，我们天台人创造了灿烂的文化，足以影响世界，说明了我们天台人的智慧和核心作用的突出。

今天，我们的天台山文化实际上处于一个关键的转折点。如果转过弯，天台山文化将迎来一次脱胎换骨。如果因循不变，那不管谁当会长，都不会有实质性的变化。因为只有内容变了才是真正的变。如果内容不变，文化与政治靠得越近，就越是一种约束。

济公、寒山都是不受约束的人，智者大师到天台山的一大原因也是追求思想的自由。他们之所以能光耀千古，受人追捧，最重要的一个原因是他们的思想能走进生活，接近百姓。这样的文化才是有生命力的。

相比之下，今天我们在这方面明显有所欠缺。

作为一个文化部门，我们有一种崇高的使命感。

面对使命，我们感到是一种沉重的责任，只有安静下来，加紧学习，不断充电。

老县堂能保存下来，其实是一种眼光，一种态度，一种境界，更是一场修行。因为她见证着整个天台的历史发展脉络，她的保存也证实了当时决策者的文化情怀。

老县堂是个人口密集之地，周围商贾云集，有百年老字号御清斋，也有素食馆。冬日的暖阳下，漫步四周，会碰见各种各样的人。有坐着闲谈的，有窃窃私语的，有锻炼的，有看报的，等等等等，不一而足。但是无论如何，总让人觉得安详、静谧、温暖。

如果正赶上上学时间，还会碰到接送小孩的家长。这个时候四周都是人，但一点也不感到喧闹。这就是老县堂公园的魅力所在，她是喧嚣中的宁静之地,宁静中又带有几分热闹。

　　漫步老县堂公园,我读懂了许多。

　　漫步老县堂公园,可以安静内心,可以提升境界,可以升华人生。

　　我喜欢在老县堂公园漫步。

　　在这样的环境中工作,是幸福的。

办公室窗外的麻雀

几天没去办公室,窗外的枇杷成熟了许多。

下午,我的到来打扰了树上的无数麻雀,它们立马飞走。它们在干什么?是前来偷食,还是欣赏树上的果实,还是在这里聚会,还是别的什么原因?我不得而知。但我的到来,肯定破坏了它们的团聚。

不一会儿,它们又慢慢聚集起来,叽叽喳喳叫个不停。在我们人类看来,它们的吵闹声破坏了我们人类的清静。但是,从它们的角度来看,又何尝不是我打扰了它们的清静,破坏了它们的聚会?

其实许多事情,从不同的角度看,会得出完全不同的结论。佛教说,"如众灯明,各遍似一"。每一个环境都有每一个环境的规则,也有它一定的道理。存在的就是合理的。我们人类如果了解这个规则,认识这个道理,并适应这个规则,做事就能少走许多弯路。所谓得道,就是认识事物的发展规律,并适应这种规律。

许多时候,除了触犯法律,或者人类达成共识的标准,其他所谓的是非好坏,完全是个人的情感的表达,没有统一的标准,完全是见仁见智。世界因情感而复杂。难怪莎士比亚说:"事无善恶,思想使然。"

所以即使麻雀叽叽喳喳,我们也不应该认为是麻雀侵犯了我们的世界,而想尽办法去赶走它们,消灭它们。其实,哪怕我们赶走了它们,它们也马上就会回来。哪怕我们消灭了它们,也会有新的喧闹出现。自然界的规律就是和谐,就是和谐相处。

因为是周末,院子里格外安静。除了这叽叽喳喳的麻雀声之外,几乎是一片寂静。我到办公室坐定之后,麻雀的胆子也越来越大,最后简直是有恃无恐。慢慢地,它们中有一些跑进我的办公室。起先它们好像还有点犹豫,渐渐地一蹦一跳地跳到我的办公桌上来了,构成了一幅人与自然的和美画面。

其实只要我们内心安详,生活从容,生活中的美是随处存在的,也是随处可见的。如果我们心中没有美,就缺乏发现美的能力。那样,即使我们四处寻找,也是发现不了美丽的。我们与其花费很大的力气,费尽周折四处寻找,还不如安置好自己的内心,给自己的心灵寻找一个甜美的精神家园。这样即使我们安静地坐着,也可以进行一场心灵的旅行。因为那是在神游世界,世界完全在自己的心中。而且这种旅行是带有思想性的旅行,过程中可以使自己的心灵得到滋润,不断提高自己的发现能力和水平。如果我们没有带着一颗学习的心去旅游,别人说好,自己也跟着说好,但到底好在哪里,自己也会根本不知道。一窝蜂而来,一窝蜂而去,这样就什么东西都学不到,人反而很累。因为没有达到平衡的补充,只有消耗。这也是旅游几天,看起来很放松,但是越游越累的原因。

有时候,我们一个人在小区里安静地走上几圈,收获或许比花大价钱在外面跟着旅行社赶鸭子似的旅游的要多。

当然我们也不能说哪一种就是好的,哪一种就是坏的。我们只能说自己更适合哪一种生活方式。适合的才是最好的。可惜我们中的许多人终其一生都在模仿别人的生活。他们在模仿中失掉了自己的灵魂,失掉了自己的个性,永远也过不上自己的生活。这样的人生其实是很累的,但是大多数人乐此不疲。人们都不满足于现在的生活,都在寻找更好的生活、更高的目标。

世界是多姿多彩的。人生是多种多样的。

其实世界就是这么一种万事万物的和合。万物各得其和以生,各得其养以成。

这就是办公室窗外的麻雀给我的启示。枇杷还没吃到,人生的道理倒是悟出了不少。

做好人，不做老好人

社会需要好人，因为好人传递的是正能量。

好人受人欢迎，但老好人不一样。

好人与老好人其实区别是很大的。

好人有骨，老好人无骨。

好人做事是有原则的。所谓"圣人顺应人情而为之度"。他做什么事都是有自己的底线的。他帮别人也是在适当的时候，在别人需要的时候出手。但是他遵守原则，是在不违反原则的前提下的。因此有些事情他也是会拒绝的。

而老好人则不同。他做事是没有底线、没有原则的。因此，他会说一些没有尊严的话和做一些没有尊严的事。他的话让听的人很感动，但是大多是不算数的，今天说了，明天可能就忘记了。

好人善良，老好人善变。

好人是善良的人。当别人有困难时，他总会不遗余力地去帮助别人。他会从别人的快乐中发自内心地感到自己的快乐。当别人有矛盾时，他会尽量从中调和。

老好人最大的特点是善变。对这个人这么说，说得对方很高兴；对另一个人又是那样说，说得那个人也很高兴。特别是别人有矛盾时，他总是对每一方都表现出极大的支持与同情。这样每一方都认为自己有理，所以矛盾就会激化。

我见过一个老好人。他对这个人说那个人怎么样怎么样，对那个人又说这个人怎么样怎么样，对两个人都表现出极力的同情与支持。这种话说多了，那两个人的隔阂越来越大。

这样的人表面看起来是受欢迎的，实际上是一种大恶。

好人圆融，老好人圆滑。

好人在遇到不同意见时，他保持的是一种内方外圆的态度，虽然不与人冲突，但是坚持着自己内心的那份原则，在适当的时候会尽力表达自己的意见。

老好人不一样。老好人做事是圆滑。当他有不同的想法时，他不是表达出来，而是放弃自己原有的想法。但是执行的时候，他总是想方设法逃避，这样责任就落不到自己身上。或者他在处理事情时，在领导面前表现得积极，但是执行的时候，又对另一方说，自己也是被逼无奈，都是领导要求的。这样他就又赢得了另一方的好感。

好人受欢迎。老好人时间久了，不会受欢迎。

我们要做好人，不做老好人。

量小用大的天台图书馆

图书馆是一个地方的精神地标,是一个有人性温度的地方,也是一个让人放心的地方。

图书馆建设的好坏,代表着一个地方的文化发展水平,代表着当地群众对知识的渴求程度。

记得最早接触天台图书馆是在近 20 年前。那时我刚到城里,单位离图书馆不远。因此刚到新单位不久,就去办理了一张借书证。

当时没有多少特别的印象,只是感到书不多,因此办了不到半年,就再也没有去过。渐渐地,心中也没有了去图书馆这个意识。现在想来其实是自己那时看书用心不专,没有真正把心思花在看书上,借的书也没有几本是看完的。许多时候就是如此,我们自己不用功,做不成事,反而老是埋怨外界条件不够。这是我最近几年才认识到的道理。因为即使书不多,我们读完一本就有一本的收获。

我们看社会也是如此。当一个人有学问、有水平的时候,他就能从普通的事情中体会出不同之处,就能看到周围人的优秀之处。所以孔子说"三人行,必有我师",王阳明说"满街都是圣人"。而一个没有知识文化的人,却老是感到自己天下第一,看不到别人的长处,感觉不到别人可以学习的地方,因此自己也不会进步。我那时就处在这个状态。

一个能随时发现别人优秀之处的人,自己肯定也是一个优秀的人。

我真正认识图书馆,再次走进图书馆,开始新的生活,甚至改变生活状态是在一年以前。

　　记得是在好友许国葆母亲去世前去悼念的时候,刚好碰到了图书馆曹一波同志。因为熟悉,自然话多,一波也说了一些图书馆的情况。当时我就产生重新去办一张借书证,重新去发掘这个巨大的宝藏的感想。也责怪自己这些年来,怎么忘记了这个近在眼前的巨大的知识宝库。

　　第二天我就立刻行动,去办理了借书证。

　　图书馆外表与20几年前的没有多大变化。还是一幢简朴的粉红色的五层小楼,还有10几个人的办公室,容量确实小了点。但是因为心里在乎,因为心里感到重要、特别亲切,还是发现了许多吸引人的地方。这也是文化的魅力所在。也是自己内心的一个转变。

　　虽然馆藏图书并不多,但是我感到有许多适合我的书。特别是门口走进去,最里面的一柜里,有许多关于人生感悟启发的名家的文章,如南怀瑾、弘一法师的书。单单为这一柜的书,我一个星期基本来两次,每次四到五本的速度,就看了两个月。确实感到收获不少、共鸣不少、启发不少。并且这里的书更新得也快。不时就有新书上架。因此也不时有意外的惊喜。

　　现在的图书馆可以说是用尽了空间。除了办公室外,所有的空间都利用了起来。除了藏书外借室外,还有阅览室。尤其是在劳动路街面这么一个寸土寸金的地方,又在图书馆经费这么紧张的情况下,把两间街面屋办成了学生图书馆,很大地方便了学生的阅读。周末的时候,这里特别热闹,成了一道亮丽的风景。

　　其实只要想办法,什么困难都是可以克服的。关键是人的决心。如果不想做事情,什么都可以是困难,都可以是理由。如果想做,办法总是有的。

　　为方便市民阅读,去年开始,图书馆在天台小学和老影剧院临人民路的地方办起了几个24小时市民书吧,市民凭身份证随时可以阅读借书。这就在一定程度上克服了图书馆容量小的先天缺陷。这件事市民普遍反响良好。我也是从朋友圈的微信群里知道的。一个微友经常发借了哪些书,后配发一些读书的感悟文章。有几本我感到比较好,但是图书馆里又找不到,就问哪里借的。朋友告诉我是24小时市民书吧借的,并告诉我借的方法很简单。原来本部的书与分部的书有的是不一样的。接下来,图书馆打算每年开设几个 24 小时的市民书吧。还有，要开设流动的书吧。这样就很大程度上克服了图书馆容量小的不足，并且把图书馆开到县城的角角落落，也利于群众阅读。

看来关键还是人。

王水球馆长很会思考。因为熟悉较早，我们彼此也是朋友。他经常问，哪些新书好，要我推荐。其实书的好坏，每个人有每个人的标准，全看读者的兴趣爱好。不过我也推荐了自己认为的好书。有时候在微信朋友圈里看到一些好书，也会推荐给王馆长。

天台图书馆在全市各个县市区中，据我所到过的来看，外在的条件是最差的，面积也是最小的。但是因为努力，因为肯用心思，所以在方便市民阅读，丰富群众生活方面发挥了很大的作用。

当然，于我而言，这改变了我的许多生活方式。现在我除了单位，走的最勤的地方就是图书馆。因为离单位近，这个图书馆我认为简直就像自己单位的阅览室一样方便。感谢因缘的聚合，使自己发现了这么一个知识的宝库。也暗暗地谴责自己为什么发现得这么迟，如果早一点进入这个门，过上这么一种生活方式，或许自己的学识会走得很远。不过发现了总比没有发现要好。发现了，自己现在也在改变了，至少还不迟。

读书可以戒酒

读书可以明理,可以增长见识,可以美容,可以提高眼光等等。

近来我还发现,读书可以戒酒。

这对我而言,可以说是一个不小的发现。

我以前喜欢喝些酒,朋友小聚,总是忘不了来几杯。但因为酒量不大,所以每喝必醉。

随着对读书兴趣的渐渐浓厚。我越来越感觉到时间对于一个人的重要性与紧迫性。有时浪费一点时间,就会打乱生活的节奏。而时间这东西是越抓越紧的,如果不在乎,就会感到时间很多,很充足,因此一些人整日无所事事,一点没有浪费感。

随着这种紧迫感越来越强烈,慢慢也就没有喝酒这个念头了。朋友来访,也是尽量不喝。次数多了,也就形成了习惯,也就适应了。

我认为,喝酒对一个人,至少对于我而言是一种生命的浪费。

一是对时间的浪费。喝酒热热闹闹,气氛很好。一喝就是几个小时,有时甚至更长时间。而一个人一天之中,除了吃饭睡觉等基本的时间外,可以真正利用的时间是不多的,所以这个浪费其实是很大的浪费。

当然,在酒桌上也可以办一些事情。所以那些整天热热闹闹,喝个不停的,看起来好像很有思想,也很有能量,但其实是没有理想的。人是靠理想而活的。

这只是表面的喝酒的时间。如果喝醉了,那么以我的性格是睡觉,也不会胡言乱语撒酒疯,我在睡觉中解酒气。如果晚上喝醉了,一个晚上的学习时间就完了。到家里就睡。睡醒了，半夜可能又睡不着了。所以一次喝酒要浪费很长时间。如果是醉酒，则浪费的时间更长，更多。如果无所事事，则可以任其浪费，反正有的是时间。但是随着对学习读书的兴趣不断浓厚，往往每天都有每天的计划。如果浪费几十分钟，我可以挤回来。如果几个小时，就很难补回来。如果浪费了几十个小时，那么一连几天就是白过了，会留下许多的遗憾。这样一想，我可就越来越不想这样浪费时间了。所以从内心，从心底里已经开始排斥这种喝酒。慢慢也就戒掉了。实在要喝也是少量。

二是对习惯的破坏。我喜欢有习惯的生活。这不仅包括早起早睡，还包括读书，走路，思考等等独立支配的时间和各种应对的时间。我喜欢每一天把早中晚几个大的必须做的事时间建立一个格局，形成一个坐标，也就是固定的时间。然后对读书的时间，写作的时间，思考的时间都是有一个习惯的。其他的零碎的时间就见缝插针地思考一些琐碎的事情。如果碰到有什么实在推不掉的会议，就在会议室思考原来这个时间段要做的事情。会议结束，尽快抓时间补回来。

这就是我的习惯，我自己认为很好的习惯。当然，也在不断调整。如在椒江时期，就有那时的习惯。回天台又有了另外的习惯。不久，被抓至创国卫办公室，又有了新的习惯，快结束了，又有了另一个习惯了。

我认为，确定好的生活工作习惯，其实是对生活的一种有序的安排。一个人干什么都应该是有序的。拥有有序的生活就可以对许多事情有一个稳定的把握，这也是对自己人生的一个规划，这样也可以有一个从容的人生。那些生活无序的人，其实是享受不到生活的真正的乐趣的。那些无序的人容易对生活迷惑和慌乱。有好习惯的人，有有序生活的人是不会慌乱的。

而醉酒恰恰是对自己有序生活的挑战。喝醉了，至少，当天的有序的生活、习惯被破坏了。喝酒时该做的事情没有做。醉了也是对原来的习惯的破坏。而半夜醒来又睡不着，又是一种破坏，进而影响第二天的早起习惯，即使早起了，精神状态也是不一样的，更影响了第二天的习惯。所以这个影响是蛮大的。所以就尽量不喝酒了。

　　三是对摄受知识体系的破坏。我对知识的摄受主要是通过读书的方式。读书又分为网上读和书本读，最后都归纳为笔记。看到微信中有自己感到兴趣的文字，就认真看，认为有必要的就做笔记。然后认为有必要进一步去读的，就去书店，或者网上买。然后认真看第二遍，甚至第三遍。这就是我的学习方式，也是对外界知识的摄受方式。

　　酒局是个大局。酒桌是大桌。酒桌里面包含着大文化。我也试图从酒桌里面学习一些文化。但是至今为止，学到的很少。酒桌上难以学到真正的文化知识，更难形成知识的体系。因为真正的人与人的交流，必须是两个人的。三个人就不一样了，就无法深入下去了。一大桌人热热闹闹的，交流的片言碎语的鸡汤段子倒是有的，但是仔细一想又缺少人生的格局。而更多的是，连鸡汤段子都不是，大都是虚假的谎言。这里面酒杯来来去去，背后包含着多少无法用语言表达出来的文化。真正强大的力量是看不见的。这个世界我们用眼睛看到的永远只是表面的现象，而用心才能看到世界背后的另外的世界。

　　所以这其实是对我的知识接受体系的破坏，我是不愿意喝的，慢慢也就戒掉了。

　　读书可以戒酒，不知这是读书的哪一层境界。

好文章是改出来的

　　一篇真正的好文章,能够给人以茅塞顿开,醍醐灌顶之感。认真阅读之后,能迅速拓展我们的思维,提高我们的境界,增长我们的智慧。

　　文章是思想和情感的综合,有思想还要有情感。单有思想没有情感,写不出真正打动人的文章。光有情感,没有思想,写出来的文章没有深度,也感染不了人。

　　真正的好文章,既要有思想的深度,又要有情感的温度。文章在写好以后,还要不断修改。好文章都是修改出来的。即使是深思熟虑,一气呵成,也是出不了好文章的。

　　人的思维都是发散性的过程。我们思考一个问题,写一篇文章,在确定一个主题之后,我们围绕这个主题去思维。我们的思维总是四处发散,有时候是杂乱无序的。我们写出来的文章,往往就是这杂乱无序的思维中的一根细小的线,是局措的,狭小的,也是片面的,干瘦的。只有在修改的过程中,我们的思想,才能不断圆润起来,才能走向有血有肉,才是篇真正的站得起来的文章。因为修改的过程,也就是各种思想,各种思维综合比较选择的过程,包括意思的选择,语句的表达,词语的择取,都是在不断的选择比较之中,达到完善。才会由原来的干瘦变为丰满。

　　内容丰满的文章总是既有思想,又有情感,能够在细节处打动人。一篇文章,最打动人的往往是一些细节。而这些细节只有在修改的过程中,才能得到重视。一气呵成的文章,重视的往往只有章节的内容,大致的内容。

　　修改的过程,也就是不断领悟的过程。文章主题确定下来以后,表达的方式、表达的渠道千差万别，形式多样。可以说每一次修改就是一次思考，一次领悟，一次收获。而许多事情，在不同时间的思考，在不同时间的感悟，得出的结果是不一样的。所以只有经过修改，不断修改，我们的思想才能不断地得以升华，表达也才能不断达到完美。我们看一些大家的文章手搞，如鲁迅的文章手稿，修改得一塌糊涂。有时我们修改多了，到最后定稿的时候，可能完全不是原来的初稿。主题立意章节，都已经完全变了样。但是有一点，就是在修改中，主题不断地得到升华，立意更加深刻，章节更加圆满。我们思考总是有一个由浅入深的过程。在修改中，不断使文章走向深刻。

修改的过程也就是完善的过程。古人有"两句三年得，一吟双泪流"的话。说明文章就是不断的修改过程。艺术品需要不断雕塑，不断润笔。文章是艺术的一种，也是如此。我们起初的思考，总处于一种孤立的，单向的状态。但随着思考的深入，随着不断修改，不断地把相关的有联系的内容表达出来，使其变得双向甚至多向。因为言有尽而意无穷。我们文章表达我们的思想，总只能是接近，而不能是完全。所以每一次的修改，其实是自己的文字更接近本意，就是更接近自己所要表达的意思，也就是不断完善自己的文字，使自己的思想使自己的情感，尽量接近自己所要表达的意思。

真正修改文章，需要用心的思考。需要明白自己的立意，又要熟悉自己所写文章的内容。只有这样，才能知道自己的意与自己的文，哪些方面需要不断地对接，不断地完善，不断地圆满。然后经过安安静静的思考，认认真真地加以修改，才能达到一个较好的效果。

修改题目可以脱胎换骨。题目是文章的灵魂核心。一篇好文章，它的标题总是能吸引人的。所谓题好一半文。一个好题目就等于写了一半的好文章。一个好题目，可以使读者立刻产生读下去的欲望和勇气。

一个好的标题，一方面能够吸引人，但另外一个方面，它就是一篇文章的中心思想，是言简意赅的中心。应该简洁明了，立意新颖，突出主题。鲁迅写的"从百草园到三味书屋"，就明确提出了这么两个地点，是记录自己童年的往事的，就相当于给读者一个线索。读小学时读过的"谁是最可爱的人"，就可能给人一种悬念。如"三国演义""西游记"，题目出得就比较大气，我们一读起来，就可知道大致的一个方向。

所以我们修改文章的时候，一定要修改出一个能统揽全局的，言简意赅的，耐人寻味的标题。

修改章节以加强逻辑。题目修改确定下来后，章节之间，转换得自然不自然，有没有逻辑关系，其实也是衡量一篇文章好坏的一个标准。一篇好的文章，其章节之间的转化总是很自然的，表达的逻辑性也是很强的。

如果章节之间有逻辑性，整篇文章就有很强的逻辑性。这样的文章，别人读起来，就有一种迫不及待的感觉。看了上面，别人就会急不可待地往下看，说明文章有一种引人入胜的效果。这主要是由于逻辑的作用。

而没有逻辑性的文章，可能别人读了前面部分，就看不下去了。文章吸引不了人，思想就打动不了人。因此文章的意义也就失去了价值。

我判断一个司机，是新手还是熟手就看他转弯的时候，转的弧度的大与小。一个熟练的驾驶员，他的转弯，总是有一定弧度的，转得很柔和的，很自然的。但是，一个新手，他的转弯，弧度特别大，甚至是尖角的，很硬的，很不自然的。

同样我们写文章，也是通过不断的修改，达到起承转合的柔和自然。

修改语句以美细节。题目改好了，章节也改了，文章的语句也要修改。古人贾岛有推敲这两个字。到底用推还是用敲，这个贾岛就反复琢磨，给后人也留下了一段佳话。这说明了语句推敲的重要性。王安石的春风又绿江南岸。陶渊明的采菊东篱下，悠然见南山。都是反复推敲的千古名句。

通过语句的推敲，可以用细节打动读者，可以收到意想不到的效果。因为人人生活中如此，写文章也是如此，轰轰烈烈的豪言壮语，往往打动不了人。只有那些反复推敲的细节才能真正体现人性，而只有体现人性的东西，才能持久，才能打动人，才能引起读者的共鸣，才能收到作者所要表达的效果。

好文章都是改出来的。我们不要怕当初简陋的文章。只要认真细致地改，一遍一遍地改，是能改出好文章来的。

学会利用零碎时间

人的生命是由时间组成的。

怎样利用时间就是怎样度过生命。

有的人好像很富裕,整日无所事事,四处浪费时间,一点也不心疼。有的人却对时间十分吝啬,好像永远都没有时间。永远处于利用时间状态。时间对于他而言,永远是不够的。

时间最公平,对谁都是一天 24 小时。时间又是最不公平,对谁都不是一天 24 小时可以工作。因为人需要休息。

能否有效利用时间,关键在于能否利用零碎的时间。一个人如果能够有效地利用零碎时间,那对于他的事业,对于他的人生是会发生决定性的影响的。

能利用零碎时间,就是延长生命,就是提高效率,就是成就人生。

一、时间本就是由分分秒秒的零碎组成的。我们如果不注重这种分分秒秒的时间,实际上就是浪费整个生命。相反,如果我们抓住了分分秒秒,这个潜力是无穷大的。我们人的时间有自由时间,有应对时间。如果我们能抓住零碎的时间,实际上就是抓住了自由时间。应对时间中,我们也是有很多可以利用的。

二、零碎时间可以积少成多。在自由时间和应对时间中间,其实是由很多可以利用的零碎时间组成的。这点时间如果我们利用起来,日积月累,可以积少成多,成就自己的事业。星云大师就是利用等车,等飞机,在车上,在飞机上这些零碎的时间写作,所以有效利用了时间。连他自己也说,自己是活了 300 岁的人。

三、时间会挤总是有的。鲁迅先生说,时间就像海绵里的水,只要愿挤,总是有的。如果我们懒觉多睡了一分钟,实际上就是浪费了一分钟。管别人的闲事,和别人的是是非非的纠缠,实际上都是在浪费时间。而时间有一个很大的特点,就是过的时候不知不觉。但是等到过去以后,在比较中才能确定其的存在。例如,不知不觉中看见孩子长大了,才发觉自己已经老了。

零碎时间决定一个人一生的成败。如何利用这些零碎时间。

一、要有一个人生的志向。这个志向是整个人生的导航。没有目标的人,就是没有方向的人。这样他的心总是散的,永远无法集中起来。这样的人是没有时间观念的。他感觉时间对于他是可以任意挥霍的,更不会利用一切可以利用的时间来完成人生的目标。这样的人其实是没有一根主线,没有一个核心。一个人如果有了自己的志向,无论在哪里,他的心总是无形地牵着这个事业。所以一有可以利用的时间,他就会加以利用,不管在怎样的环境下都是如此。

二、要有一个切实可行的计划。志向比较远大,也许比较遥远。我们应该有自己的实施计划,也就是阶段性的目标。凡大事者,必作于细。所有的大事,其实都是由一系列的小事组成。所以成大事者先做小事,在一个一个小目标的实现中获得成就感。而成功能激发人的志趣。这种志趣可以化为无穷的力量。这种力量是内发的。一个人有了内发的兴趣,就好比是有了源头的活水,就会专注地抓住一切可用的时间。

三、要有一个好习惯。一个人如果习惯于浪费时间,他就会不停地浪费时间。因为他感觉不到时间的可贵与紧迫。同样,一个人如果习惯于珍惜时间,他就会越来越珍惜时间。因为他会认识到时间的可贵。而一个人一旦形成习惯,他就会习以为常。即使整天在家睡懒觉,他也不会因此而感到轻松和快乐,反而越睡越觉无聊。而一个人,如果习惯于早早起床学习。习惯了,也不会感到累。反而因为早起而把一天的生活安排得井井有条,内心对生活反而多了一份从容。所以俞平伯说"做人从早起起"。也有人说"被窝暖暖的,人儿远远的"。就是说,人不要睡懒觉。所以习惯会不知不觉中影响人的一生。

会利用时间的人，也是难以成功的人。

会利用时间的人，是会不停地利用零碎时间的人。这看似是小事，实际上影响人的一生成就。

学会利用零碎时间，可以提高做事的效率。

学会利用零碎时间，可以促进事业成功。

学会利用零碎时间，就是延长人的寿命。

数楼梯的乐趣

2015 年 9 月,我被抽调到天台创卫办帮忙。

天台创卫办在行政中心 20 楼。每天电梯上上下下,有时要等许久。而我的个性又不喜欢被人关注,再加上我也喜欢从平淡的看似无味的生活中找些乐趣,所以我决定经常走上去,从而增加一些生活的乐趣,也给繁忙的创卫工作减减压力。

无论何事,如果我们能找到它的意义,就会有乐趣。如人生,我们如果能够发现人活着的意义,就会不断地奋斗,生活也永远会处于快乐的状态。反之,如果找不到意义,每天处于无聊之中,也是不会快乐的。难怪我们认为毫无意义的一些游戏,小孩子都能玩得津津有味。而这个意义主要是靠自己去寻找。

我决心数一下从底楼到二十楼总共楼梯的格数。

起初的办法,就每层的格数乘以 20 这么算。一楼到二楼是 26 格。于是,得出结论,总共 520 格。为了验证,我从一楼一层一层地数上去。到了二十层,发现总共是 478 格,差了许多。

于是,一层一层地记,每次上楼下楼的时候,特地在那里点数。一楼到二楼是 26 格。二楼到三楼是 34 格,因为是大厅,特别高大。接下来三楼到四楼,四楼到五楼都是 28 格。因为一到五楼是辅助用房,特别不规范。所以一到五楼共 116 格。五楼接下去都是每层 24 格,共 15 层,总共是 360 格。这样算起来,一楼到二十楼总共是 476 格。与我多次验证的还差 2 格。

我又多次从底楼数到顶楼,没有错,确实是 478 格。到底错在哪里呢?

我又开始一层一层地数。最后发现五到二十层之间,每层是 24 格,只有 17—18 层是 26 格,这样总数就对了。

这么简单的小学数学问题,我前前后后总共数了两个多月,100 多次。总算弄清楚了这么一个问题。弄清楚了尽管是很小的,也可以说不是什么问题的问题。但是知道了后内心总是很坦然的。人都是这样,即使是一些小迷惑,解开了,就很高兴。这其实是精神的胜利。那种物质给我们的高兴或许就是一下子。但这种精神的高兴会高兴很久。这其实是精神对于物质的胜利。

数楼梯,看似简单,但是我认真数了,也从中悟出了一些人生的道理。

一、世上没有捷径。两点之间最短的不一定是直线。本来 26 乘以 20 等于 520 这是最基本的算法。但是结果不对。我也想用走路计步器来算。但是转念一想,又不对。楼梯与楼梯之间还有过道,这样,可能一下子就乱了。最后还是靠老老实实一层一层地数过去,而且多次验证,才得出正确的结论。有时候,笨办法可能就是好办法。我们吃些亏,看似吃亏,其实或许正是在得到。只有实实在在的,一步一个脚印,做好基础,才是正事。走捷径其实往往得不偿失。

二、人的快乐是自己找的。一个人如果想快乐,别人是没有办法让他不快乐。创国卫是很苦很累的工作,许多工作都要得罪人,又是动态的,今天做好了,明天又反弹。坚持是很难得的,但是我们都很快乐。从走楼梯这件小事中,我们就找到了很大的快乐。一个人只要活着,就没有理由不快乐,因为所有的烦恼都是自找的。同样,快乐也是自找的,一个人如果有快乐的心,随处都可发现快乐。

三、世界之不同,在于看它的角度。一楼有一楼的风景,二楼有二楼的风景,二十楼有二十楼的风景,从不同的楼层,我们看过去,风景都是不一样的。同样一幢建筑,我们从一楼看,与从二楼看是不一样的,到二十楼可能就看不到了。同样一件事情,我们从不同的角度看,会得出不同的结论。所以世界是多样性的,对于不同的见解,我们都应予以理解,最大限度地求同存异。

四、人生要学会转弯。人生的路曲曲折折,如同这楼梯。人生有时如同走楼梯,需要转弯。没有一帆风顺的人生。不会转弯的人生,肯定是不会幸福的。人与人之间的比赛,直道很要紧,但是关键是要懂得在适当时机转弯。如果不懂得转弯,永远也走不到二十楼。有时候我们换一个思维,就会境界打开,眼前一片开阔。

成事需要时机

行政中心搬迁以后，老县堂保留了下来。这本是一件好事，给人们留下了一个好去处。

但是却留下了一个问题。就是老县堂四周没有公共厕所。而这四周又是人口密集之地。单单老县堂之内，就有五个单位。

为了改变这个环境，劳动路指挥部，在旁边造了个临时厕所。临时厕所，由于缺乏管理，卫生很成问题，进而也影响周边的环境。

尽管也有人在不同的场合，通过不同的途径，加以呼吁。有座谈会的，有政协提案的，有提交书面申请的。各种途径都认为这是美化城市环境的需要，是旅游城市建设的需要，是老干部工作的需要，理由很多。但是每次都回答得很漂亮，就是没有实际性的行动。

2015 年 10 月，也正是天台县创建国家卫生县城冲刺时期，创卫办决定，把这个公厕的改造提升列入十大破难项目。

因为这个项目是县政府主要领导亲自抓的，所以不久后，主要领导亲自查看，认为确实很有加强改造的必要，要求在三个月内实现改造提升。

接下来经过三个月的争分夺秒的施工，一座比以前较为完善的，环境比较整洁的工程，终于完工了。解决了周围一大批人的如厕问题，也有效地改善了周围的环境。可谓皆大欢喜。

想想此次公厕的改造，主要就是抓住了时机，借了创建国家卫生县城的东风，所以能够改造完成。

其实世间的事情大多如此，如果我们抓住了有利的时机，就可以起到事半功倍的效果。如果抓不住时机,也许一切都是徒而无功。

其实时机是很难抓住的,它稍纵即逝。"事有本末能知其先后可谓得道。"

为什么时机很难抓住?

一、世界随时在变。人生是个环环相扣的过程。事情也是随时在变的。人们要在无穷无尽的事情中,难以说清的因缘中,找到那么个恰当的时机,而这确实需要智慧。因为世界万事的成就,不是自己努力就能够把握的。很多事情都是出于缘缘相系中的,只要一个缘分没有具备,事情就难以成功。而这个缘分我们又是看不到的。一切的因果都是隐藏的。所以我们判断起来,更为困难。许许多多的在变的因素其实都会扰乱我们的视线,转移我们的目光。要在这么个纷繁复杂的世界中找到一个合适的时机确实是很难的。

二、世界是普遍联系的。故事的尽头还是故事。每一物的生成,都关联着万物。每一件事情都是无穷无尽中的一个点,也就是世界网中的一个点。而要改变这个点,可能会引起整张大网的改变。而整张大网的改变,又会引起点的改变。所以世界是如此的复杂。所以鲁迅先生说,无尽的远方,无数的人们都和我们相关,只是我们自己不知道而已。历史上任何一个点的改变,都可能影响我们今天的生活。所以要想抓住时机是很难的。

三、人的思想往往也是多变的。如果我们的思想非常专注于一物,那样的话,一个人的力量,心的力量也是无穷的。但是实际上许多人,往往一碰到困难,思想就动摇。以至于即使机会在眼前,时机到来,也白白地丢失。如对公厕的建设,2012 年,曾经有过一个提案,要求建造一个公厕。有关部门回答得也很好,但最后还是不了了之。所以人们就放弃了改造的要求,跑得远远的去方便。

世界大事必作于细,世界难事必作于易。我们如果仔细地观察分析,用心地思考,许多事情还是能抓住时机的。

一、意志力要坚强。用宗教的语言说,就是发心要强。如果这个发心不够,一碰到困难,就动摇,肯定成不了事。比如我们看望父母,许多人都说忙,没有时间。其实不是没有时间,而是发心不够,认为以后还有更多的时间，以后有的是机会。

我们分析一下真的是时间不够吗？忙得连打个电话的时间都没有吗？回趟家看望一下父母又要多少时间？我们有多少时间是在饭局中，牌局中，在电视中度过的。如果我们有足够的发心，我们就可以抽出自己的时间去看望父母。

如果一个人有足够的发心，就会在乎，就会寻找一切有利的机会，他的潜意识里，就总是处于这种思考的状态。一个人，如果老是想当领导，他就会想尽一切办法去靠近那些有利于提拔自己的人，去做一些领导看得见的事情，久而久之，大多也能成功。相反如果感觉这样太累了，永远做不了自己，没有自己的自由和空间，最终选择放弃，也是不会成功的。世界万物大都如此。发心要强。

二、要能抓住事物的本质。本质就是核心。抓住了本质，就抓住了核心。每一件事情，我们抓住了本质，就会变得简单。因为本质就是核心，核心就是个点。这个点到了外面，会越来越大。离核心本质越远，事情就会越复杂。

我们如果能够抓住事物的本质，又能够化繁为简，就能把令人眼花缭乱的事件，虚无缥缈的事情，看得清清楚楚，明明白白，真真切切。因为本质只有一个，但表现形式却千差万别。所以我们应有这种抓住本质，化繁为简的能力。

三、要能和谐周围的关系。人是社会的人，我们的一言一行，都受周围的影响，同时也影响着周围。一个人如果不能和谐周围的关系，那就是种最孤立的状态。那他就是螃蟹行为，他永远也不会成就事业。捕鸟者网之一目。而网之一目肯定是捕不了鸟的。人只有和周围处于一种和谐共生的状态，他才能够吸收一切的能量为自己所用，也进而才能够抓住一切有利的时机。

成事需要时机。抓住时机可以获得意想不到的效果。

抓住时机，就是造就平台。有了平台，蛇可吞象。

如何抓住时机，需要眼光。需要用心观察，需要冷静思考，智慧分析，综合判断。

万物皆可下酒

　　这句话其实还有个定语,就是只要有喝酒的心情,万物皆可下酒。但是,反过来读,如果没有喝酒的心情,万物都不可下酒。所以,前提是要有喝酒的心情。

　　一个人如果有了喝酒的心情。他无论何时何地都能喝出一种意境。他是不会在乎什么下酒菜的好与坏的。

　　著名作家林清玄说喝酒有三层境界。一桌人热热闹闹地点了一桌的菜,然后热热热闹闹地吃。这是最低的层次。三五知己坐,把酒话家常,这是第二层次的喝酒。把酒问明月,对影成三人。这是最高层次的喝酒。

　　确实,一大堆人热热闹闹海吃一阵,最后留下一桌的残羹冷炙,内心却会感到无比的失落与空虚。有时甚至是更加的孤独。因为热闹之后的空虚是无人可诉的痛苦与孤独。那是真孤独。

　　三五个知己小坐对饮,谈天说地,家长里短,人生古今,倒也能喝出一种感情来。这是第二层次的。

　　一个人独饮,面对着那轮明月,其实是和自己的内心对话。那是无论如何内心都会感到丰富的。这个时候,其实是不在乎什么下酒菜的。因为其内心精神的快乐远远地超乎对外界下酒菜的追求。

　　这个时候一碟花生米、一碟咸菜、一句古诗,一句格言或者一杯清茶等等都可以成为下酒的菜。甚至这么简单的下酒菜,可以超越任何丰盛的菜。因为这里面有精神的快乐。任何的物质,一旦加了精神的因素,其价值就会大增。

　　所以我们人，应该准备的是随时有喝酒的心情，而不是准备下酒的菜和怎样的酒。有了喝酒的心情，一杯小酒可以喝出李白"斗酒诗百篇"的豪情万丈。

　　喝酒的心情，许多时候其实就是人生的心情，也是高兴的心情。所以喝酒的心情，就是时刻使自己高兴的心情。

　　如何使自己的人生时刻高兴，做到不为外界所动，时刻保持那份对世界、对自然的认真、从容与兴奋状态，是一门大学问。

　　需要一颗满足心。一个人如果对世界感到满足，他就会对世界充满感恩心。而一个有感恩心的人，他和周围的关系都是融洽的。而一个缺乏感恩心的人，即使得到了很多，因为欲望的无止境，他永远会处于对生活的不满状态。他的生活充满抱怨，他感到世界对自己是如此的不公。他不会考虑自己付出了多少，他考虑的永远只是自己得到了多少。而且他即使得到了比别人多的荣誉和财富，付出了比别人少的劳动，他也会心安理得，也会认为这是自己比别人聪明的缘故。他永远对世界处于一种攫取的态度，对别人处于敌对的状态。他的心中只有抱怨与敌对。这样的人到哪里都是不会受欢迎的，自己也是不会有好心情的。要喝的也是闷酒，是牢骚酒。是喝不出酒的真滋味的。

　　需要一颗抗压心。人都会遇到各种压力。没有人会有绝对的自由。也没有人会不受打击。一个人只有具备抗压能力，才能在打击中不被击垮。而人经受了打击，只要不被击垮，就是成长。所以不受打击的人生不是真人生。苏格拉底说，不受省察的人生不值一过。也有哲学家说，人生从打击开始。这些都是很有道理的。一个人如果一切都顺顺当当，是不会成长的。所以面对人生遇到的各种压力，我们要有准备，要有一颗抗压的心。当我们从沙漠中走出来的时候，我们已不是原来的自己。

　　需要有一颗学习心。人生是一个不断学习的过程。一个不学习的人，他碰到一点点的事情，就会无比夸大自己的痛苦。他是无论如何也快乐不起来，更不会从内心感到快乐和满足的。这也是现在虽然农村自然环境比城里好，但是农村真正长寿的人并不多的原因。因为他们有更多的想不开

　　的事缠绕于心，所以内心总是不快乐。

　　他们喝酒，也绝对喝不出对饮成三人的境界。他们物质丰富了，那就一大桌一大桌的热热闹闹地喝，而不会喝出其中内心的高远境界和人生。

　　要使自己的人生处于高兴的满足状态，需要不断学习，在学习知识中体会到快乐，在知识的海洋中体会到人生的真快乐，在知识的学习中提高人生高远的境界，才不会局限于一个小小的天地。一个人只有放大了心胸，才会快乐。

　　万物皆可下酒。

　　要不断培养自己那颗满足安静的温和心，保持万物皆可下酒的心。

清晨，灯罩外的昆虫

清晨，我按照惯例，早早起床，在顶楼读书。

忽然，几声噼噼啪啪的声音打扰了我。我习惯性地抬头，看见灯罩下一只不知名的昆虫，在撞个不停。

一会儿也许累了，它停了下来。

过了一会儿，又开始撞了。

如此的几次反复，确实干扰了我内心的安静。

我干脆就放下手中的书，开始观察和思考起来。

这只昆虫每次都是撞了七八下，休息两分钟左右，然后再去撞。我观察到的就是这么一个不断反复循环的过程。

我开始思考这个问题：它为什么要去撞？为什么明知无用还不回头？它什么时候能够停下来？

我想，它不停地去撞灯罩，是因为看见了里面的灯光，它是向往光明的。它也是有思想的。向往美好世界是动物的天性，这是一种本能的使然，犹如追求离苦得乐是人的本能一样。在四周一片漆黑的凌晨，我书房里的灯光就是光明所在。

它为什么就是明知不可为而为之呢？因为它不知道！它的脑筋不会转弯，它没我们人的智力。在我们人类看来是轻而易举的小事，在它们看来，可能就难如登天了。所以方向很重要，方向比方法重要。

我又想起，为什么鱼吃了鱼饵，侥幸跑了，但是没过几分钟又回来吃了。因为鱼的记忆只有七秒钟。七秒钟过去了，它把前面的事情都忘记了。这是物种的局限。就好像人类思维也有局限，一样的道理。

其实善不善于转弯，是能不能走向胜利的突破口。一个不会转弯的人，永远不会胜利。转过去了是另一道风景。转不过去就是死路。因为世界上没有什么路是一帆风顺的。

那么，这只昆虫什么时候能够结束呢？我想只有等天亮了，四处都是光明了，它才会放弃这种无谓的进取。或者我把灯关了，它看不到里面的光明了，也许就会放弃这种追求。

我又无聊地想，虽然它们屡次撞击灯罩，没有结果，但是每次去撞的时候，在去撞的一刹那，它应该是幸福的，快乐的。无论如何，它追求幸福和快乐的心是不应该遭到谴责和嘲笑的。至于不会转弯，那是物种的局限。

我们人类也有自己的局限，只不过自己看不到而已。

其实仔细分析我们人类也是如此。有许多道理其实是相通的。

人都在追求欲望。这个欲望包括物质的和名利的。只不过有些人重在物质，有些人重在名利。其实这都是虚妄的，都不是实在物。只有活出自己的本性，发挥出自己生命的灵性，开心地过好自己的生活才是最根本的。但是又有几人能看透看懂。看懂了，又有几人能做到。

我们人的生命其实都是在追求这种名利中耗尽的。我们追求财富名利这些虚幻之物，如同这只昆虫追求光明一样。道理听起来很浅显易懂，但又有几人能做到。

知道转弯的人走的远。人与人最大的差别，就在于能不能转弯。不会转弯的人永远走不远。因为任何事都不可能一帆风顺。我们看远方的河流弯弯曲曲，其实只有弯弯曲曲的河流才走得远。每一条河流都有它不得不那样走的原因。因为这里面有力的作用。

人要学会在适当的时候转弯，但是只有少数的智者才会真正知道何时转弯，何时放下。所谓"知足只止惟贤者"。每件事情都有关键时期，能抓住这个关键时期的人，就是智者、聪明人。

当然，这个转弯包括思想的转弯和行动的转弯。

有时候我们在苦苦的挣扎，智者的一句话可能令我们境界大开，醍醐灌顶。智者看我们不就是我们看昆虫吗？我们都是昆虫而不自知。这是很可悲的，也是很可怜的。但是我们常感到昆虫的可怜，而不会感到自己的可怜。这是一种大悲哀，是人类的悲哀。

人生需要智慧的照耀，昆虫只有在光明来临时，才会放弃这种无谓的追求。人生亦如此。一个人只有在智慧的引导下，才会放弃执着的名利的追求。

没有智慧的引导，人生的追求实在是苦。

只有智慧引导我们才会离苦得乐。

智慧来自学习和生活的实践。

好坏一念间

在市同创办期间，一日三餐在食堂吃，很是安心。

回来后，单位没食堂，吃饭就成了问题。尽管外面小吃店很多，但总是不习惯。尤其是开始几天，根本没法适应。

因为住在新城，单位却处在老城的中心，来来去去很不方便。单位周围吃的地方是很多的，种类也很丰富，有快餐店，有麦虾店，有蛋糕店，有排档，有小吃店。

好事坏事都是一念间。一个转念，两个世界。几天过后，我想，这些东西其实我是很爱吃的。像小吃店的麦饼、扁食、麻辣汤、面皮等等都是我喜欢吃的东西，平时有事没事，我也会约上几个伙伴去吃一下，为什么当午饭吃就感觉不好了呢？所以关键还是观念。

我像排菜单一样，确定每个星期，吃一天快餐，一天麦虾，一天蛋糕，一天小炒，剩下一天机动。这么一排，就感觉吃出了乐趣。感觉，每一天午饭，都吃得很合自己的胃口，都是津津有味的。

其实任何事物都是一样，即便是细小的事物，我们也能感觉到它的意义。事情的意义，完全在于对它的了解程度。了解了，就有意义，哪怕细小如吃饭睡觉穿衣。不了解，就永远发现不了意义，也感觉不到乐趣。所以一切兴趣爱好里面，都包含着精彩的人生。这个精彩，就要我们去感悟，去发现。所以痛苦快乐在于一念心。

本来认为是个难题的午饭，吃出了乐趣。我发现，这样吃午饭，有几大好处。

一是时间上比较灵活。原来在椒江期间，虽然去食堂吃就好了，不用考虑吃什么问题，但那是被迫性接受，也没有选择的余地。而且，只能在规定的时间段之内。如果早一点，影响不大好。如果晚一点，食堂菜就没了。而现在，时间上就灵活得多，相对早一点是可以的。如果有事情，晚一些也是可以的。这不仅仅是时间的一个自由，更主要的是心灵上的一个自在。人都喜欢自由。纵然身不自由，但心要自在，就是心要可以主动。而在吃午饭的时间上，可以做到相对的自由了。

二是菜的数量比较丰富。就快餐而言，单位旁边，相对干净一些的有两家。有了这两家快餐，我就可以每个星期轮着吃，口味都不同的，也比较丰富。就味道而言，就菜的种类而言，一般的单位是没法比的。在没办法改变现状的情况下，我就往好处想，这些快餐店也有这么多的好处。人一旦反复于某种意念，这种意念就会转变为必须。而反复的强化的结果，真的就看到了吃快餐的好处，也就吃出来乐趣。人有时候就是这样自欺欺人的。

三是自主性比较大。虽然自己规定了，每个星期一轮回。但形式还是灵活的。比如，我可以星期一吃麦虾，也可以星期五吃麦虾。吃麦虾的时候，我可以吃三鲜的，也可以吃大排的。可以吃放汤的，也可以吃炒的。同样一种麦虾，也可以一个星期一个星期地轮回着吃去。这样永远也不会生厌。所以能够吃出滋味来，吃出乐趣来，也可以吃出人生的境界来。

生活中总是不如意的事情居多。所谓人生，不如意事十之八九，我们良好的心态，应该是不看八九想一二。想想那一二的高兴的事情。同样一件事情，在没法改变的情况下，只能改变心境。心随境转是凡夫，心能转境是菩萨。心悟转法华，心迷法华转。同样一件事情，我们到底是被外物所转还是转了外物，关键就看心迷还是心悟。

我们不是圣人。不会对外界的景观无动于心。但是我们至少可以修，通过修，不断提高自己的定力。提高自己被外界所干扰的定力，有了那份定力，虽然做不到泰山崩于前而不动，但是至少，我们的人生会快乐许多。

而人生，整天愁眉不展、闷闷不乐也是一天。时间不会因为某个人而停滞。你可以高高兴兴、快快乐乐，这样也是一天。同样一天，同样的事，我们为何不把这一天过好呢？所以高兴与否，关键在心。一个心里有定力的人，一个心里有佛法的人，他永远都是快乐的。就是别人看不到他快乐，看起来他好像应该是痛苦的，但他反而表现出不同寻常的快乐。因为他知道，痛苦忧愁，都是于事无补的。而人的情绪是会传染的，我们如果忧愁，如果抱怨，传递给别人的，也是负能量。一个经常传递给别人负能量的人，是不受欢迎的人，是永远长不大的人。

　　美在于发现，而不在于寻找。有些人，四处寻春不见春。而有些人心里，一年四季都是春。因为春天天不单单是季节，更重要的是人和，心和。

　　本来作为一个问题的午饭，竟然吃出了乐趣，从而也使自己快乐了许多。这也是这几年学习佛法的收益吧。

一种俭朴的好风俗

朋友何雷霆的母亲去世。我们几个朋友前去他家慰问。

雷霆家在天台县雷峰乡张家庄村，这是一个偏僻的小山村。

在雷峰乡，我所到过的最远的地方是大地林村，也就是传说中曾经的天台县行政中心所在地。在雷峰乡政府所在地进去约两公里处。

而张家庄村，在大地林村进去大约还要二十公里处。

车辆在山路上一弯一弯的，肚子里也随之翻江倒海。好在我尽量调好呼吸，才不至于吐出来。

当到达雷霆家时，我的脸色已经有点惨白。

坐了一会，我建议出去走一下。几个同行的朋友马上同意。

于是我们沿着山间小路，走在冬日的暖阳下。

冬山如肃。这样的冬日，走在这样的山间小路上，迎着太阳，真有一种心旷神怡，莫名喜欢的感觉。这是人与自然最好的相处。

不过，我更喜欢一个人走在这样的山间。这才是与自然的对话。但在众多人中，我尽量找到一个安静自己内心的角落。一边走，一边想。偶尔也说几句话。感觉这也是一种较好的状态与意境。

不知不觉已经下午4点多了。冬天日短。山间日更短。太阳一落下山，就快暗了。我们回来时天已经暗了。

我们决定晚饭在雷霆家吃。

我本来不想在那里吃。因为我周三都是吃素的。而这种场面都是大鱼大肉的，自己不适应，也不想破例。

但是几个朋友一起,天也暗了下来,就只能随众了。随众也是一种和合!

我们到了大餐厅,就是村里的茶叶市场。

没有看见许多人进进出出忙忙碌碌的样子。只见灯光下,人们一桌一桌有序地坐着。中间放着一大盘的炒面。周围的人各拿一个小碗。有喝稀饭的,有喝酒的,有喝饮料的,不亦乐乎。安静而有序。

我吃过这种饭许多次,这是我见到过的印象最深,最有感触的一次,感到这种风俗太好了。

一般的风俗,是如果谁家有人去世了,村里人都来帮忙。其中一件大事就是吃。买菜的做饭的一大桌,大家忙忙碌碌。最后上桌的都是鱼、肉、鸡等等全部都是荤菜。荤菜越多就显得主人越是客气,也就越有面子。

而这里,仅用一大盆炒面代替。

我认为这种风俗太好了。

首先是简单。很多事情本来就是简单的,变得不简单,是因为没有抓住问题的本质。

例如,谁家有人去世了,我们应考虑如何把丧事办好,而不是热热闹闹地大吃一顿。这样既浪费时间,又浪费精力,更浪费财物。要热闹有的是时间。而这种热闹无非是为了家人的风光与面子。因为大家都如此,于是形成了风俗。

从心里说,这种大吃大喝的风俗大家都是不愿意的。大家都希望简单一些。但是风俗如此,没有办法。别人这样了,自己家不这样热闹一下,别人要说的,面子上也过不去,因为别人会说自己小气。

面子这东西虽然无形,但力量却很大,会左右人的一生。许多人活其一生,就是为着面子两个字。

于是一家家,在人去世后,都热热闹闹地大摆宴席,好像喜事似的。

想做到简单就不简单。这种简单的风俗抓住了本质。因为本质在于办好丧事。面子是次要的。大家都如此,事情就变简单了,风俗也会变简单。

其次是实惠。这种大家围在一起吃炒面的风俗,可以减去很多的时间,如买菜,洗菜,烧菜的时间。而原来的剩下的大量的菜都是倒掉的,这是很大的浪费。

也就是说,这种风俗,可以省下至少十多个做饭的人,用在其他的事情上。而丧事本来就事情繁多,十多个人可以干许多的事,又可以省下很多的钱。这实在是一个很实惠的风俗。

这种风俗既节约了时间,又节约了财务,更是节约了人力,很是实惠。

人与人之间的感情,乡情也不会因此变淡。

再次是方便。大家都坐在一起吃,一边喝着老酒,一边吃着炒面,一边谈着工作的分工。吃好了,马上就去干自己的工作,很是方便。

如果人来多了,吃完了,可以再去炒,马上就可以完成。如果烧得过多,下一餐还可以吃,这是很方便的。而不是像原来的,要预算多少人吃。多了浪费,少了不够。很是为难。

从内心说,家里有人去世了的,都不喜欢大摆宴席,都喜欢简简单单。但是面子这东西放不下,于是入乡随俗。但是如果大家都简单了,内心都是很喜欢的。

张家庄这种风俗很好。因为简单实惠方便,值得推广。

一月的青菜

人的感情爱好真是奇妙,有点无法言说,甚至不可理喻。

一年十二个月中,我最喜欢的竟然是寒冷的一月。原因很简单,就是因为能吃到这个月的青菜。那种嫩嫩的,甜甜的,软软的,脆脆的味道真让人难忘,百吃不厌。

从我有记忆起,小时候没粮食吃,母亲就在麦田里套种青菜,虽然那个时候的青菜长得不够大,但我很喜欢吃。尤其是有什么节日,或者客人来,放了几根煮面,那简直是人间美味。

小时候的记忆总是难忘的。

随着年龄的增长,这个季节的青菜,在我心中竟成了一个结。

每当到了一月份,在外面吃饭时,青菜是必点的一个菜。

有几年,在行政中心食堂吃饭,去的时候青菜没有了,都卖光了。看来天下之口同癖,一点没错。所以这个季节我干脆回家自己烧饭,就是为了吃上青菜。

在椒江两年,没办法再回家自己烧饭。于是,在幸福回忆的同时,总是留下那么一点遗憾,就是因为没吃到青菜。

这种对青菜的回忆一直伴随着我。

所以现在立秋过后,我就开始在自己开垦的荒地撒下青菜种子。过了二十天左右,就开始移植,然后浇水施肥。看着一天天长大的小青菜,心里好似吃上了那种美味。

不过真正好吃的,要在冬至以后。所以有朋友前来菜地拔菜,我都说最好等冬至以后。

因为之前的青菜是硬的，最旺的火烧也是这个样。只有等打了霜以后，味道才会变甜。

以前，立秋过后，我还种各种各样的菜。现在我基本上只种青菜。因为基本上能吃得开的，朋友喜欢的，经常来这里拔的，也就是青菜。

有时候我想，为什么冬至以后就这么好吃了呢？总的原因是知道的，就是天气变冷。为什么天气冷了就好吃呢？

真正的因果关系我不得其解。

后来，问了读初三的女儿才知道。原来冬天气温低，加上昼夜温差大，光合作用不明显。所以没有分解的糖分，就留在了菜里。因此我们吃起来是很甜的。

我半信半疑，上网查了一下，果然如此。

那么为什么一经过霜打，就变嫩变脆了呢？总的原因我认为是寒冷所致。犹如一个人吃了一些苦，就变成熟了一样。

因为青菜是一年生的植物，所以它的成熟标志就是变得美味。如果是一棵树，年轮增加，可以增加一层皮。如果是花，可能会被冻死，有些草也是如此。而这些菜，冻不死，但是也长不大的。因为到了一月基本就停止了生长。

我开始总结自己为什么这么爱青菜的原因了。

因为其美味。这当然是一个原因。我们人的许多习惯，其实总是和美味相联系的。到了一次重庆，吃了一次火锅，就对重庆留下了很深的印象。

一月的青菜，也正因为其美味，那种别的季节里永远无法替代的美味，使我在一月的月末，总有那么几天是惆怅的。因为一月即将过去，那个美味即将消失，只有再等来年。

因为短暂。世界没有假设，假如一年四季都是一月，我都能吃到这种青菜，说不定也会生厌。因为久物之味，久则生厌。

美总是带有缺陷的。因为短暂的一月，几个节日一过，就好像过去了。回过神来，容不得多多品味，青菜已经要开花结果啦。

因为立春一到,天气转暖,这种青菜就开始不断长高,就开始开花,开始结果。这个时候完全没了那种美味。

这个时候我们就是用尽力气,也无法阻挡其变老。因为这是自然的规律。就好像我们用尽力气,也无法阻止最后一朵花的凋落一样。

正因为这种缺陷,所以年年盼望,而这恰恰也增加了一种美感。立秋过后我就开始筹划准备青菜了,就开始回忆这种美味了。

因为其坚韧。我们人怕冷,其实菜也是怕冷的。它的生命其实很短暂的。9月份种下去,这起初是因为热,因为干旱,要不断地浇水,施肥料,除虫。10月份移栽,11月,12月生长,1月份最好吃,2月份就开花结果啦!它的生命就这么简短。

以前我都没有感觉到其生命的坚韧。直到有一次晚上十一点多了,几个同小区的朋友去菜地拔几株青菜,准备第二天炒年糕用。

我看见那一株株青菜被冻僵着,一株菜就是一个晶莹剔透的冰球。这个时候我似乎明白了,为什么这么好吃。原来是经过这么艰苦的条件,天寒地冻,菜就像冰心里的花一样。我们没有拔就回家了,因为这么好看的花,确实不忍心去采。

对于一月的青菜,我总是既喜欢又遗憾。

郁达夫在《故都的秋》中说:"这北国的秋天,若留得住的话,我愿把寿命的三分之二折去,换得一个三分之一的零头。"

可见爱之深。

郁达夫毕竟是浪漫主义的散文家诗人。

我是不会拿生命的三分之二去换的。

我只想把自己的健康的寿命尽量延长,这样可以多吃这一月的青菜,可以多吃些人间的美味。

新年新思想

新的一年,新的轮回。

时间无头无尾。

轮回意味着终结,也意味着开始。

这个节点,人们总是能产生许多的怀想。

如同春天来临的时候,我们内心总是想做点什么,改变一下自己。但最终还是没有发生什么改变。于是就好像失去了什么。因此,春天与人总带有几分哀怨。因此古人说:"三分春色,两分春水,一分哀怨。"当然,这种哀怨也是一种积极的思想情怀。

早上坐办公室,盘点了一下岁月,清理了一下思路。

新年要有新思想。

一、努力做个有学问的人

学问之道在于变化气质。一个人如果满腹经纶,但是却不知道如何与人相处,四处与人争斗不断,工作极不负责任,也不能说是有学问的人。最多只能说是有知识的人。其原因在于知识没有应用于生活。一个人只有把自己所学知识运用于生活,在生活中改变自己,才能成为有学问的人。

一个有学问的人是个力量无穷的人,也是个强大的人。古人看人有没有学问,就看一点——与家人相处是否和谐,与周围的人相处是否快乐。

新的一年,我的愿望是通过不断的努力,成为一个内心柔软丰盈,遗世而独立,强大而善良的人。当然,这是一个努力的方向,也是个目标,能否实现,需要不断修正,修正自己的行为举止。

二、重新过新规律的生活

规律的生活也就是乐趣的生活。因为规律的生活中，我们生活中的点滴，就可能化为乐章中的音符，弹奏出美妙的音乐。所以规律的生活是美好而充满乐趣的。

规律的生活必须有一个兴趣点支撑。

我到县志办以后，形成了这里的生活规律。后来到市同创办，又形成了那里的规律。基本上是在那里一个规律，周末在天台又是一个规律。回天台后，又形成了新的作息规律，生活规律。到创卫办以后，又形成了创国卫的生活规律。创国卫的后期，又形成了新的规律。无论哪一种规律，都必须有一个核心，就是不能放弃学习。所有的规律，实际上也就是围绕如何安排学习时间的问题。也就是在大的格局形成以后，如何挤出时间，多读些书这么一个问题，也就是如何协调"自转"与"公转"的问题。

规律的生活，使我的生活很有秩序感。而生活中一旦有了秩序，碰到最大的事也不至于错乱和迷惑。这实际上是对潜意识的发挥和定力的增强，更是对生活乐趣的培养。因为生活的意义在于发现。有秩序感的人，就会不断发现生活的意义。

新的一年，创国卫也即将结束。我将重新过上新的规律的生活。找到最适合于自己的生活规律。

三、坚持每天写文章

在市同创办的后期，我记得是从2015年4月8日晚开始，坚持每天写文章。写读书感想，生活感想，历史感想，文化的感悟。这个习惯一直坚持到2015年9月份中旬。组织上要抽调我到创卫办，帮忙半年。我也知道这一去就意味着生活规律的改变，每天写文章的习惯也坚持不下去了，所以迟迟不肯去报到。因为我回答得很明确，我只想在文化上有所建树，对别的没有太多的抱负。

组织的人是抗不过组织的。同时也被一位县主要领导的诚心所动，答应前去帮助做好宣传发动工作。因为内心里我感到这个时候再不去的话，自己会成为一个不近人情的人，不通常理的人。

　　结果这一去,生活的节奏改变了,生活规律改变了,每天写文章的习惯也改变了。这个写文章的习惯一停就是一年多。到了 2016 年的 11 月份,才开始重新坚持起来。现在已经坚持一个半月了。因为有时候我们读书读得懂不懂,有没有透彻的理解,能不能用自己的语言写出来是个标志。如果能把所读的书,用自己简单明了的话写出来,就是读懂了书。这样自己的思想,才会不断地进步。

　　只有既能深入,又能浅出才是真正的读懂了书。真正有学问的人能够把文化知识运用于生活,把人生的道理讲得像白开水一样,谁都能喝,对谁都有用,而不是高深莫测。高深莫测不是真学问。

　　我真心希望能够继续坚持。也不知道自己能够坚持多久。

　　一个人如果既有自己的时间,又能从生活中找到自己的乐趣,又为社会做贡献就是幸福的。因为做文化可以改变人的思想。一个地方如果思想改变了,就是根本的改变。器物的改变,制度的改变都是容易的。唯有文化最难改变,也最重要。所以在县志办其实也是在做贡献,也是在一线的。只是在大贡献,修大行而已。而大音往往希声,所以真的不想去也不希望去重点岗位打工了。

　　四、出好《内和外合》这本书

　　和合文化是传统文化的核心。我们研究和合文化的文章很多,研究得也比较深入。但是我始终认为,文化的日常化,生活化才是保护的目的。文化只有走向生活才有绵延不断的生命力。如果只有少数几个学者在搞,那永远也走不出图书馆,学者的书斋,研讨会这么一种模式。而这样的模式,对于文化的传承确实起很大的作用,但对普通大众的改变其实是不大的。因为文化是化人和人化不断互动推进的过程。其最终目的在于化人,在于改变人的思维模式,行为习惯和文明理念。

　　基于这个想法,2015 年的 6 月末,我把近一年来,自己对生活,对学习,对工作的感悟加以整理,交给浙江工商大学出版社出版。我的感悟中,基本的模式是先提出一个观点,然后是为什么要这样做,最后是怎样才能做好。目的就是使和合的理念不断地走向大众。达到"仁和为人,合作做事"的最佳状态。

本书的合同写明本书于 2017 年 11 月份出版。也就在快要出的时候,在终审签字付印的时候突然说,里面有宗教的内容,需要重新审定。里面确实有宗教的内容,例如,《法华经》里面的教育孩子的思想,发挥《法华经》的化人功能,为什么要学《法华经》等等,都是涉及宗教的内容。

想想也是,涉及宗教的内容还是要慎重一些。因此,此书的出版一再推迟。但是我想 2017 年应该是会出版的。

五、实现人生的一次脱胎换骨。

2017 年,我想在合适的时候,实现人生的一次脱胎换骨。这个脱胎换骨,是心理上的一个大变化,境界上的一个大提升,就是自我灵性的充分发挥。

这个变化表面上看起来没有变化,其实内心在不断地丰富。总体的思路和以前一样,是学习,笔记,思考,写作。但是具体的一个方向,有一些调整。基本的思路是这样的:

少参加一些会议,多一些独立思考的时间。因为只有独立思考,才是对知识的有效消化,才能转化为自己的学问。

少一些人情难却,多一些情感升华。人的思想情感,应该在自己的兴趣中,在自己的学问中,得到升华,而不应该沉沦在人情难却的应付中。

少做一些读书笔记,多做一些感想笔记。只有感想笔记,才能使自己所学的知识不断融会贯通起来。读书万卷可通神,关键就是使知识通起来。如果不通,那是食而不化,只会疯疯癫癫脱离社会。因此多做些感想笔记。

少吃一些懦弱的亏,多吃一些胸怀的亏。可以吃亏,但不能吃懦弱的亏。因为吃这种亏是对恶的纵容,这本身就是一种无能,是一种恶。所以这种亏决不能吃。要吃也要吃胸襟的亏,因为这种亏是爱的一个部分。而爱是自然界的第二个太阳,会改变一切,是一种大善。

新的轮回。新的起点。新的思想。新的希望。新的人生。

这一切都以新的思想为起点。因为没有新的思想,新年只能是个新的轮回和新的起点，不可能有新的希望和新的人生。这样的循环其实是没有实际意义的。所以要有新的思想，人生才能真正地改变。这个新的思想对于一个人，确实很重要。

人与人最大的差别不是面貌的差别，而是思想的差别。所以"脸是小宇宙，心是大宇宙"。

新年改变自己，从改变思想开始。

年中怀想

今晚在台历上记日记时，忽然想起 2017 年 6 月 30 日是 2017 年 6 月的最后一天，也就是刚好到年中，于是有了回忆，有了总结，也就有了此文。

半年前，也就是 2017 年的元旦。我写下了《新年争取做个有学问的人》这么一篇小文，希望自己在新的一年有新的气象，新的变化，也就是新的状态。

时光过得还真是快。半年时间就好像是在眼前。时间这东西，只适合于回忆。总是在比较中才能确定存在的。时间过的时候，我们是感觉不到其存在的。如我们看到小孩子也读高中了，读大学了，才想起自己也已经快 50 岁了。时光流逝的过程，我们一点感觉都没有。所以佛教说"变化密移，我诚不觉"。而回忆总是很快的，所以古人又说时间如电光火石，又如白驹过隙，都是说时间之快。

回想总结起这半年时间，自己总体上还是按照原来的思路在学习和生活。生活得也比较有规律和节奏。每天读书，记学习笔记，生活笔记，感想笔记。在这半年中，自己的文化散文集《内和外合》也在一月出版了。二月，在没有任何预料的情况下，也居然成为了县十届政协的常委。三月也是在没有任何预感的情况下，成为了台州市五届政协委员。

虽然是没有预感，但是也说明了社会各界对我工作的肯定。这是我可以感到自豪的。因为我没有对任何人打过招呼。

但是仔细分析起来这半年时间里，还有许多的不足之处，有待完善。

一、读书方式上，手机阅读多，纸质阅读少。这半年里，尽管自己还是每天在读书,记笔记。但是分析归纳起来,我明显感到手机的阅读偏多,对书本的阅读在减少。

尽管手机阅读也很方便。但是纸质阅读那种存在感是手机永远也无法替代的。而我读书又一个特点,是如果没有这种存在感,就无法找到读书的灵性。思维总是会处在一种僵化的状态,而阅读很大一个方面就是要打开思想的灵性。

在这半年中,我对那些新浪读书,凤凰读书等有特点的公众号都是每天必读的,并且,找有感悟,有共鸣的文章记笔记。但是对书本,尤其是自己买的书明显减少。除了《人类简史》读了三遍外,其余的精读的书已经不多。读的大多是在图书馆借了的。囫囵吞枣般地阅读一下,然后就还了。

二、侧重记忆的多了,深度思考的少了。尽管每天也在利用一些时间思考,但是明显一个感受就是思考的都是比较表面的,类似于复习的温故型的思考。而对一个问题,如果没有深度的思考,是提不出独到见解的。所谓"凡人穷思必入于佛"。所谓多偶想出智慧。

当我们深度思考一个问题的时候,我们的内心就会出奇地安静,我们对世界就会处于一种融通的状态,因此也就能够接通天地的能量。而我们的能量本就来自天地。这就形成了一种循环。

为什么深度思考得少,是因为内心还不够安静,受俗事的干扰,不够安静到随时随地入定的高度。还是会因为环境而改变自己的心境,因此无法深入思考。

三、无关紧要的事情参与多了,专注精神少了。我们的时间可以分为应对时间和自由时间。在应对时间内,主要是应对各类的会议,各种无法推托的应酬等等。除此以外的自己可以自由把握的是自由时间。

一个人只有在自由的状态下,才能不断激发自己的创造力和想象力。如果思想不自由,自己的各种潜力就会被压抑。因为人只有在自由的状态下,思想才会处于空灵的活跃状态,人的潜能才能得到激发。

这半年里,总体时间还是抓得比较紧的。但是也有时候,吃一顿饭好几个小时的,长的会议上午开了下午接着开,晚上还要开的也有。

虽然我可以做到手没在写心在写的程度，但是许多时候在外界的干扰下，总是要受影响的。所以专注的事情少了。

知来路方可识归途。知道自己的不足，接下来也就有了一个方向。

一、多做深度思考。人是习惯的产物。一项事情，如果坚持了几个星期，就会成为习惯。接下来，努力使自己的思考走向深入，也就是使自己的内心真正在深处得以安静。思考有一个明确的主题，这样就会走向深入。固定打坐的时间。这半年里，每晚打坐的时间都是不统一的，有时一小时，有时就几十分钟。这其实是内心不安静的一种表现。所以接下来，固定每天打坐的时间。再下一步，逐步固定起止时间。这是对自己接下来的一项要求。

二、尽量减少一些不必要的应酬。我越来越感觉到自己的性格很怪癖，就是不喜欢和人接触。其实这不是我原来的性格。我记得原来的性格也不能说是活泼的，但至少不是现在这么沉闷、死板的状态。随着自己真正专注于事，越来越不想和外界做无聊的接触。内心很不想热热闹闹。因为一群人的热闹是内心的孤单，而自己一个人的孤单是往往自己内心灵魂的热闹。

一个人的生命是由时间组成的，浪费时间是最大的浪费。所以对于不必要的应酬，要敢于推。对于一些会议，也尽量少去参加。

三、抓住现在的有利时机，尽可能地多读书、思考、写作。从内心说，现在的单位正是最适合自己的单位。所以要尽可能地抓住这个有利的时机，多读些书，多做些思考，多写些文章。

后　记

　　和，是人性之所需，社会之所求，更是大道之所在。因此，和合之道，是世之大道；和合之用，是世之大用；和合之美，是世之大美。

　　国民之魂，文以化之。国家之魂，文以铸之。大道在和，无远弗届。

　　文化的魅力在于交流，在于辐射，在于广泛地被吸收与接纳。文化的力量在于润物无声地润入政治力量、经济力量和社会力量。

　　本书是作为"和合三部曲"之三推出的，在前两部《我心安静》《内和外合》的基础上，旨在让和合文化能尽快地走进生活，走进大众，走进社会。

　　本书为台州学院和合文化研究院、天台山文化研究院成果。亦师亦友的学报副主编、研究院执行院长胡正武先生对本书的出版给予了大力支持。